IL COMPAGNO PRESCELTO

PROGRAMMA SPOSE INTERSTELLARI®:
LIBRO 2

GRACE GOODWIN

ISCRIVITI ALLA NEWSLETTER

Iscriviti alla mia mailing list per essere il primo a sapere di nuove uscite, libri gratuiti, prezzi speciali e altri omaggi di autori.

http://ksapublishers.com/s/bw

1

*A*vevo la mente annebbiata, come se mi fossi appena svegliata o avessi avuto troppo alcol in circolo. Ma la nebbia fu presto diradata dalla percezione. Ero nuda e piegata in avanti sopra una specie di panca dura. I miei seni ondeggiavano sotto di me a ogni poderosa spinta che un uomo mi assestava dentro con il suo cazzo. Il calore che si espandeva lungo il mio corpo mi fece gemere e chiusi gli occhi per gustare la sensazione della mia fica che si serrava e pulsava attorno al suo affare lungo e grosso. Stava in piedi dietro di me, ed io desideravo vedere il suo volto per sapere chi potesse essere a darmi così tanto piacere.

"Sembra che le piaccia essere scopata in questo modo. Alla maggior parte non piace stare china e bloccata su un supporto." Una profonda voce maschile parlò da qualche parte dietro di me, ma ero troppo distratta dal cazzo che scivolava bruscamente dentro e fuori dal mio corpo per guardare. Non era l'uomo che mi stava scopando, per cui non contava nulla per me. Nulla. Solo il mio padrone aveva importanza.

Padrone? Da dove era venuto quel pensiero?

"Sì, la sua fica è incredibilmente stretta e bagnata. Ti piace essere presa così, *gara?*" La seconda voce era ancora più profonda e veniva da dietro di me, direttamente dietro.

Mi fece una domanda, ma tutto quello che potei fare fu gemere per quanto incredibilmente mi stesse spalancando. Non ero mai stata trafitta da un cazzo di queste dimensioni. Ad ogni colpo dei suoi fianchi contro il mio culo sentivo quel duro calore penetrarmi fino in fondo. Il suono di pelle contro pelle e della mia umidità che gli facilitava il passaggio riempiva la stanza. Cambiò angolazione, con la cappella dura che strofinava da qualche parte in fondo a me, ed io mi misi a piagnucolare. Il suo cazzo era come un'arma, uno strumento che io non potevo combattere.

Com'ero finita qui? L'ultima cosa che ricordavo era che mi trovavo sulla terra, al centro di smistamento.

Ora ero legata a una specie di panca a quattro gambe, con le caviglie legate a un lato e le mani strette in delle piccole maniglie attaccate all'altro. Era abbastanza stretta da far penzolare i miei seni fuori, con qualcosa che non riuscivo a vedere che mi tirava i capezzoli. La combinazione di piacere e dolore era come corrente elettrica inviata direttamente al mio clitoride, e la sensazione acuta mi faceva sussultare. Ad ogni spinta profonda il mio clitoride strofinava contro qualcosa di duro sotto di me, qualcosa che si muoveva con me mentre il suo cazzo mi martellava dentro. Le vibrazioni sotto il mio clitoride fecero crescere un orgasmo, fino a che non lo sentii come una bomba ad orologeria che ticchettava. La mia pelle si stava imperlando di sudore. Mi avvinghiai alla panca come se fosse l'unica cosa che mi impediva di volare via. Non ero completamente sicura che sarei sopravvissuta all'esplosione.

"Mi sta strizzando il cazzo" grugnì l'uomo, e i suoi movimenti divennero meno metodici, come se stesse perdendo la battaglia contro il suo bisogno primordiale di lacerarmi fino in fondo.

"Bene. Falla venire intensamente, così si rilasserà ed accetterà il tuo seme. Dovresti essere in grado di fecondarla senza ritardi."

Fecondarla?

Aprii la bocca per chiedere di cosa stessero parlando, ma quel cazzo enorme mi sbatté dentro e una mano calda mi si appoggiò dietro al collo tenendomi giù, sebbene non potessi andare da nessuna parte. Lo percepii come un gesto simbolico, che significava che ero sotto il suo controllo e che non avrei potuto fare niente. Avrei dovuto urlare o lottare, ma la mano agiva come se spegnesse un interruttore, ed io restai completamente ferma, bramosa del suo prossimo affondo.

Questo momento, quest'uomo... era sicuramente un sogno. Non avrei *mai* fatto sesso mentre qualcun altro guardava. Non avrei mai permesso di farmi legare e bloccare in questo modo. Mai. Non poteva essere reale. Non avrei tollerato questo infimo trattamento. Ero un medico, una guaritrice. Altamente rispettata e non senza motivo. Ero una donna con un certo potere. Non mi sarei mai sottomessa a questo...

Come per deridermi, mi sbatté con ancora più forza ed una mano forzuta atterrò violentemente sulle mie natiche nude. Il bruciore si diffuse come burro caldo che si scioglieva sulla mia carne, con il calore che viaggiava direttamente verso il mio clitoride. Mi sculacciò ancora ed io strinsi i denti per trattenere un urlo di piacere.

Cosa mi stava succedendo? Mi *piaceva* essere sculacciata?

Un altro schiaffo sonante, un'altra fitta di dolore, con le lacrime che mi scendevano dagli occhi, mentre lottavo per mantenere la mia compostezza. Ero una professionista. Non mi sarei mai arresa al panico o alla pressione. O al piacere. Non avevo mai perso il controllo.

Appellandomi ad anni di allenamento e disciplina, costrinsi la mia mente a prendere nota dell'ambiente circostante. Non riconoscevo nulla, né le soffuse luci ambrate, gli spessi tappeti sul pavimento, i curiosi muri color sabbia, né il profumo di mandorle e di qualcosa di stranamente esotico che sprigionava la mia pelle stessa. Il riflesso luminoso della mia carne normalmente pallida faceva pensare che fosse stata strofinata con dell'olio profumato. Quel profumo – e l'odore muschiato del sesso – mi fluttuavano attorno nell'aria calda.

La confusione mi riempiva la testa e non riuscivo a concentrarmi sulla stanza o a capire come fossi finita lì, perché ad ogni respiro affannoso un cazzo durissimo mi riempiva, al limite del dolore, abbastanza al limite che la percezione di esso non faceva altro che aggiungersi alle sensazioni che mi affollavano il corpo e la mente. Ero consumata dal piacere. Tutta la mia consapevolezza si ritirò fino a che non ci fu altro che la pressione della mia pelle contro la panca, la mano sul collo che mi teneva ferma come se fossi un gatto appagato, l'oscillazione di quelli che sembravano piccoli pesi attaccati ai miei capezzoli e la mia fica aggrappata al cazzo che mi riempiva, mi reclamava. Mi possedeva.

Il sesso non era mai stato così bello con nessuno degli uomini con cui ero stata. Non riuscivo a vedere chi mi stesse scopando, ma non c'era dubbio che fosse un *uomo*.

La presa sul mio collo svanì ed io sentii due grandi mani sui miei fianchi nudi, i polpastrelli che pressavano sulla mia carne rotonda. Dal momento che non potevo vedere nessun uomo, doveva per forza trattarsi di un sogno. E non volevo che finisse. Avevo così bisogno di venire che ero pronta a pregare per del sollievo.

Non avevo mai fatto un sogno sessuale prima. Non avevo mai sognato niente del genere, niente che sembrasse *così* reale, *così* piacevole. Non m'importava, non volevo pensarci più poiché le vibrazioni contro il mio clitoride stavano accelerando.

"Sì!" urlai, cercando di spingere i miei fianchi all'indietro per prendere quel cazzo incredibile ancora più a fondo.

"Non ti fermare, per favore, oh, Dio!"

Non lo fece. Il sogno era incantevole ed io venni con lo stesso incanto. Le vibrazioni sul mio clitoride mi spingevano oltre il limite, ma era il cazzo che mi stava riempiendo quello che fece continuare il piacere fino a che non ne potei più.

L'uomo che mi stava scopando s'irrigidì, affondando le dita nei miei fianchi mentre ruggiva fuori il suo orgasmo. Sentii il suo seme caldo dentro di me. Mentre continuava a scoparmi, venendo, il liquido caldo e appiccicoso colava fuori dalla mia fica e giù sulle mie cosce. Mi abbandonai sulla panca, sazia e soddisfatta. L'ultima cosa che sentii prima di scivolare di nuovo nell'oscurità dei sogni fu "Andrà bene. Portala all'harem."

———

Lottai per tornare alla lucidità, ma rimpiansi di averlo fatto. Una giovane donna dall'aria austera sedeva di fronte a me nella piccola stanza delle esaminazioni. Sembrava avere quasi la mia età, e sarebbe stata carina, se non avesse avuto le labbra troppo sottili e quello sguardo freddo sul volto. Indossava un leggero abito marrone e tacchi alti, e teneva un tablet in grembo. Con i lunghi capelli tirati indietro in una crocchia stretta, assomigliava a una donna d'affari, non a un dottore specialista. La stanza in cui mi trovavo sembrava una camera d'ospedale, con dell'attrezzatura medica attaccata al mio corpo per monitorare il battito cardiaco, l'attività cerebrale e il livello degli enzimi. Il mio corpo pulsava ancora per l'intensità dell'orgasmo, e mi vergognai di notare che la sedia su cui ero legata con delle cinghie era zuppa sotto il mio sedere e le mie cosce nude, zuppa degli umori della mia eccitazione. Il semplice e corto camice grigio che indossavo portava il logo del Programma Spose Interstellari e, come in tutti gli ospedali, era aperto sul retro. Come mi aspettavo, sotto di esso ero nuda per l'esaminazione.

La donna aveva l'espressione acida di qualcuno abituato ad avere a che fare con prigionieri realmente colpevoli dei propri crimini. La sua uniforme marrone scuro aveva sul petto una targhetta color rosso chiaro e con tre parole in lettere scintillanti che mi fecero sudare freddo.

Programma Spose Interstellari.

Dio mi aiuti. Stavo mi lasciandomi il pianeta Terra alle spalle come se fossi stata una sposa ordinata per posta. Sebbene il concetto fosse stato utile nei secoli passati, era stato riesumato per soddisfare le attuali necessità interplanetarie. In quanto sposa ordinata per posta, sarei stata obbligata a scopare e fare figli con qualche capo alieno di un pianeta giudicato idoneo dalla coalizione interstellare che ora proteggeva la Terra. Un maschio alieno che si era guadagnato il rango e il diritto di reclamare una donna da uno dei pianeti membri sotto protezione. Poiché la Terra era stato l'ultimo pianeta aggiunto alla coalizione, ora doveva offrire migliaia di spose ogni anno. C'erano davvero poche volontarie, nonostante la generosa ricompensa concessa a una donna abbastanza coraggiosa – o disperata – da offrirsi volontaria come sposa. No, la maggior parte delle migliaia di spose imbarcate fuori dal pianeta erano donne colpevoli di un crimine o, come me, costrette a scappare. Per nascondersi.

"...*dovresti essere in grado di fecondarla senza ritardi.*" Quella voce rozza e spigolosa mi vagava per la testa. Era stato solo un sogno, vero? Ma perché avrei dovuto sognare una cosa *così*?

"Signorina Day, sono la Direttrice Egara. È a conoscenza delle opzioni per il suo collocamento? In quanto colpevole di omicidio, ha perso tutti i suoi diritti eccetto quello di nominazione. Può nominare un mondo, se lo desidera, e sceglieremo il suo compagno da tale mondo, in base ai risultati della sua valutazione. Oppure, può scegliere di rinunciare a tale diritto e accettare i risultati della valutazione psicologica. Se sceglie quest'ultima opzione, sarà inviata sul mondo ed avrà il compagno che meglio corrispondono al suo profilo psicologico. Se desidera incontrare il suo compagno ideale, le consiglio vivamente di scegliere la seconda opzione e seguire i consigli dei processori di compatibilità. Abbiniamo spose ai loro compagni da centinaia di anni. Cosa sceglie?"

Assimilai a malapena la voce della donna e spinsi

contro le cinghie che mi bloccavano i polsi ai lati del corpo. Sebbene avessi sentito menzionare altri pianeti, non conoscevo nessuno di un altro pianeta, soprattutto non un compagno. Sulla Terra una donna poteva scegliere da sola i propri fidanzati, amanti o mariti. Ma un compagno alieno? Non avevo idea da dove cominciare. E se anche avessi scelto un mondo, il mio abbinamento effettivo sarebbe stato deciso unicamente tramite le analisi psicologiche del Programma Spose Interstellari. Avrei dovuto scegliere un mondo? Sarei stata via solo per pochi mesi, non per il resto della mia vita. Che differenza avrebbe fatto? Non ero neppure davvero Evelyn Day.

Era la mia nuova identità. Il mio vero nome era Eva Daily e non ero neanche realmente un'assassina. Ero innocente, ma non importava. Non più. Non importava che quella fosse tutta una farsa, un modo per rimanere in vita fino a che non fosse stato deciso il giorno del processo e avrei potuto testimoniare contro uno dei membri dell'associazione mafiosa più potente sulla Terra.

Ero stata un medico rispettato fino a quando non ho assistito ad un omicidio dietro una tenda del pronto soccorso dell'ospedale. È venuto fuori che ero l'unica che potesse identificare l'assassino. La famiglia dell'omicida era molto ricca e aveva importanti collegamenti sia con il governo mondiale che con la criminalità organizzata. La protezione testimoni era l'unica possibilità che avessi per rimanere in vita fino a che non avessi potuto identificare l'uomo in tribunale. Lasciare il pianeta era l'unico modo per essere certa che la famiglia non potesse raggiungermi per farmi del male.

Nonostante il fatto che la mia colpevolezza fosse solo una copertura, per il sistema giuridico della Terra ero un'assassina. Avrei dovuto essere trattata come tale. Questo camice ospedaliero era grigio e spartano proprio come nello stile carcerario, i miei polsi e le caviglie erano legati ad una sedia dura e irremovibile. Non avevo scelta. Nella mia testa l'avevo già vissuto un migliaio di volte. Sopravvivere. Era quello che dovevo fare, e non c'era modo di farlo se non scappando dalla Terra il più in fretta possibile.

"Signorina Day?" ripeté la guardia. La sua voce era senza emozioni, come se avesse avuto a che fare con così tanti malviventi da essere ormai stanca e insensibile anche ai peggiori criminali.

"Glielo chiederò un'altra volta, Signorina Day. Tre è il numero di tentativi che devo effettuare per ottenere una risposta. Dopodiché, sarà automaticamente abbinata in base ai risultati del suo test e inviata presso la sua collocazione."

Cercai di calmare la tachicardia, perché non solo mi trovavo bloccata sul posto, ma non potevo nemmeno scappare dalla stanza, dall'edificio e, soprattutto, dalla vita che avrei dovuto affrontare. Questa squallida stanza era niente in confronto a ciò che avevo dovuto passare... e niente in confronto a ciò che mi aspettava.

Ma non potevo lasciare che questa donna dal cuore

gelido scegliesse per me. Di sicuro mi avrebbe mandato su qualche pianeta ostile come Prillon, dove gli uomini sono famosi per essere duri e spietati, sia dentro che fuori dal letto.

"Desidera reclamare il suo diritto di nominare un mondo, Signorina Day? O si sottopone ai protocolli di collocamento del centro di smistamento?" La sua richiesta interruppe i miei pensieri. Prima che entrasse nella stanza, ero stata sottoposta alla loro cosiddetta preparazione. Ero completamente sveglia e in allerta quando iniziò, e dovetti guardare una sequenza di vari paesaggi, uomini di tutti gli aspetti e con ogni tipo di abbigliamento, persino coppie occupate in atti sessuali, come una donna in ginocchio che succhiava il cazzo a un uomo.

Sfortunatamente, quella era una delle immagini più leggere. Alcune includevano due uomini che possedevano una donna, un'intera stanza piena di persone che guardavano una donna mentre veniva scopata. Bondage, fustigazioni, accessori sessuali. Le immagini andavano da scene desertiche a distese urbane di enormi città aliene delle dimensioni di New York o Londra, da vibratori e cinture di castità a piercing e sonde anali.

Le immagini si muovevano sempre più velocemente e pensavo che sarei rimasta sveglia, ma dovevo essermi addormentata per poi avere quello strano ma vivido sogno. Quando mi svegliai gli schermi video erano spariti, ma ero ancora legata alla sedia di esaminazione.

Lanciai uno sguardo alla sua espressione neutrale, mi inumidii le labbra e risposi, "Accetterò la scelta del protocollo di smistamento."

La donna fece un secco cenno di assenso e poi spinse un pulsante del tablet che aveva davanti. "Molto bene. Iniziamo con il protocollo di selezione della collocazione. Dica il suo nome, per i registri."

Chiusi gli occhi per un istante e poi li riaprii, sentendo ancora gli effetti persistenti dell'orgasmo. Era stato intenso ed era stato un *sogno*. Questa era la fredda e dura realtà. Dubitavo che ci sarebbe stata una fuga reale o qualsiasi piacere nel mio futuro. "E-Evelyn Day."

Stavo per dire il mio vero nome, ma poi mi ricordai. *Come potevo dimenticare?*

"Il crimine per cui è stata giudicata colpevole?"

Era difficile dire quella parola. Ancora non riuscivo a credere di aver accettato misure così estreme, menzogne come questa. "Omicidio."

"È o è stata sposata?"

"No." Quello era uno dei motivi per cui mi trovavo in questo pasticcio. Lavoravo troppo. Non c'era un uomo nella mia vita, nessuno da cui correre a casa. Per questo sono rimasta tanto a lavoro, ho fatto gli straordinari ed ho assistito ad un omicidio.

"Ha prodotto della prole biologica?"

"No." Avrei voluto, prima o poi, ma con un alieno? Non era nei miei sogni d'infanzia. Perché non potevo incontrare un uomo sexy e single a cui piacevano le donne sia con cervello che con curve generose?

"Eccellente." La Direttrice Egara spuntò una lista di caselle sullo schermo del suo tablet. "Per i registri, Signorina Day, in quanto femmina idonea, fertile e nell'età adatta, ha due opzioni disponibili per scontare la sua pena per il reato di omicidio, carcere a vita senza condizionale presso il Penitenziario di Carswell, situato a Fort Worth, Texas."

Mi vennero i brividi sentendo nominare la famosa prigione che ospitava i più crudeli e pericolosi criminali. Tutto il mio piano per restare al sicuro fino al processo consisteva nel lasciare il pianeta. Carswell, per fortuna, non era qualcosa che avrei dovuto considerare.

La Direttrice Egara continuò, "Oppure, come ha scelto in precedenza, l'alternativa del Programma Spose Interstellari. È stata condotta qui per completare la sua valutazione ed essere collocata. Sono lieta di informarla che il sistema ha completato con successo l'abbinamento e che sarà inviata presso un pianeta membro. In qualità di sposa, potrebbe non tornare più sulla Terra, in quanto tutti i viaggi saranno stabiliti e controllati dalle leggi e dai costumi del suo nuovo pianeta. Rinuncerà alla sua cittadinanza terrestre e diventerà una cittadina ufficiale del suo nuovo mondo."

Dove mi avrebbero mandata? Che sorta di follia perversa aveva mostrato la mia scansione cerebrale a questa donna? In base al sogno vivido, avrebbe potuto essere qualsiasi cosa. Sarei finita con un capotribù di Vytros o con un ricco mercante di Ania? Uno dei primitivi e patriarcali mondi esterni?

Mi schiarii la gola, poiché le parole sembravano come incastrate. "Può... può spiegarmi il processo di selezione? Come faccio a sapere che i test hanno effettuato un buon abbinamento?"

Mi guardò come se fossi vissuta per tutta la vita sotto una pietra. "Sul serio, Signorina Day. Lei sa come funziona."

Vedendo che rimanevo in silenzio sospirò. "Molto bene. Tutte le prigioniere vengono sottoposte a una serie di test. La vostra mente viene stimolata e monitorata nelle sue reazioni sia consce che inconsce, in modo da assicurarci di abbinarvi adeguatamente ai costumi e alle pratiche sessuali di un altro pianeta. Dal momento che vivrete lì per un tempo indeterminato, per noi è importante inviare spose *degne* dei capi che le richiedono.

"Ogni pianeta ha una lista di maschi qualificati in attesa di una sposa," continuò. "Il test rileva il mondo migliore per voi, dopo di che vi abbina al candidato più compatibile. Una volta iniziata l'elaborazione, lui riceve una notifica immediata. Al termine del processo sarete trasportate e vi sveglierete sul vostro nuovo pianeta. Il vostro compagno starà aspettando di reclamarvi."

Avevo i polsi ancora legati; ero in grado di stringere i pugni. "E se... e se l'abbinamento non è buono?"

Contrasse le labbra. "Non si torna indietro. In base al Protocollo 6.2.7a non possiamo forzarla a rimanere con qualcuno di incompatibile. Avrà trenta giorni per decidere se il primo candidato è accettabile. Se, dopo i trenta giorni, non è soddisfatta del suo compagno, gliene verrà assegnato un altro sullo stesso pianeta e lei sarà trasferita. Avrà trenta giorni per accettare o rifiutare ciascun candidato fino a che non si sistema con un compagno."

"Loro... cioè, lui, ha la possibilità di rifiutarmi?" Ero già stata rifiutata dagli uomini. Diverse volte. In che modo poteva essere diverso con un uomo di un pianeta lontano?

"La percentuale di successo del programma di abbinamento è ben oltre il novantotto per cento. Ha completato i test e abbiamo confermato la sua collocazione personale. Sono fiduciosa che lei sarà sistemata adeguatamente. Questi compagni, a seconda del pianeta, hanno bisogno di donne per sostenere la loro razza, la loro cultura e il loro stile di vita. Le femmine sono preziose, Signorina Day. È per questo che è stato istituito l'accordo interplanetario. Se, comunque, il suo compagno dovesse trovarla... non soddisfacente, sarà abbinata ad un altro maschio dello stesso pianeta. Ricordi, è stata prima abbinata a un mondo, e solo in seguito ad un compagno.

"Il mio compagno saprà che sono stata condannata per un reato?"

"Certamente. L'accordo richiede piena trasparenza."

"E sono così disperati da accettare i condannati?" Non ero mai stata considerata abbastanza degna di essere una fidanzata, figurarsi una moglie. Perché mai qualcuno avrebbe dovuto volermi ora che ero un'assassina condannata? "Non hanno paura che possa ucciderli mentre dormono?" Non lo avrei fatto, ma ovviamente *loro* non lo sapevano. E sarei stata punita sul loro mondo per un crimine che avevo presumibilmente commesso qui sulla Terra?

La donna strinse le labbra. "Le garantisco, Signorina Day, che quando avrà incontrato i compagni di uno qualsiasi dei pianeti, capirà. Stia certa che essere uccisi da una donna come lei non è una delle loro preoccupazioni."

Guardai giù verso il mio corpo nel camice, quel camice a tinta unita da prigione. Non ero proprio mingherlina. Ero... formosa. Persino lo stress delle ultime due settimane, il processo imminente e tutto ciò che comportava, non avevano modificato il mio peso. Non vedevo un vero specchio o un minimo di trucco da molto tempo, per cui potevo solo immaginare che aspetto avessi. Se avessi finito per incontrare il mio compagno in questo stato, mi avrebbe sicuramente rifiutata anche prima di dire ciao.

La donna diede un'occhiata al suo tablet. "Ha finito con le domande? Ho un'altra donna da visitare oggi."

Non c'era molta scelta. Annuii. "Sono... sono pronta" dissi con la gola serrata. Dire le parole che mi avrebbero cambiato la vita era più difficile di quanto avessi pensato. "Sono pronta ad andare via dal pianeta e accetterò la collocazione decisa dai test."

La donna annuì con decisione. "Molto bene." Spinse un pulsante e la mia sedia si reclinò all'indietro come se fossi dal dentista. "Per i registri, Signorina Day, lei ha scelto di scontare la sua pensa sotto la direzione del Programma Spose Interstellari. Le è stato assegnato un compagno secondo i protocolli d'esame e sarà trasportata fuori dal pianeta per mai più tornare sulla Terra. È corretto?"

Santissima madre di Dio, cosa avevo fatto? Sarei tornata per testimoniare, ma stavo partendo *davvero.* "Sì."

"Eccellente." Guardò il suo tablet. "Il computer l'ha assegnata a Trion."

Trion? Rovistai tra i miei ricordi in cerca di qualcosa, qualsiasi cosa a proposito di quel mondo. Niente. Non trovai niente. *Oh, Dio.*

Ma forse quel mondo era quello del mio sogno. I tappeti. L'olio di mandorle. L'enorme pene…

"Quel mondo esige un'attenta preparazione fisica per le proprie femmine. Pertanto, il suo corpo deve essere preparato adeguatamente prima di iniziare il trasporto."

Il mio corpo deve essere… cosa?

La Direttrice spinse il lato della mia sedia e, con mio stupore, la sedia scivolò verso il muro, dove apparve una grande apertura. La sedia scivolò come sopra un binario proprio nello spazio appena rivelatosi dall'altro lato del muro. La stanza era piccola e risplendente di una serie di luci di colore azzurro. La sedia ondeggiò fino a fermarsi e un braccio robotico con un enorme ago mi scivolò silenziosamente fin sul collo. Ebbi un sussulto quando mi bucò la pelle, poi sentii solo un lieve pizzicore nel punto dell'iniezione. Un senso di letargia e di appagamento distese il mio corpo mentre venivo calata in un bagno di caldo liquido blu. Ero così al caldo, così intorpidita...

"Cerchi solo di rilassarsi, Signorina Day." Le sue dita toccarono il display che avevo in mano e la sua voce fluttuò fino a me come se provenisse da lontanissimo. "La sua preparazione inizierà in tre... due... uno..."

2

"Il suo corpo si sta riprendendo dal trasferimento, per questo dorme."

Sentii la voce, ma non mi mossi. Ero piuttosto comoda e non volevo svegliarmi.

"Sì, comunque, se ne sta così da quattro ore." Questa voce era più profonda, più imponente, chiaramente frustrata dal mio stato. "Goran, forse la mia compagna è stata danneggiata nel trasporto."

Danneggiata?

"Non sembra esserci alcun danno." Una voce diversa. "È minuta e forse ha bisogno di più tempo per riprendersi."

Minuta? Non ero *mai* stata considerata minuta. Bassa, forse, ma minuta? Era quasi divertente.

Non riuscivo a controllare il mio corpo per muoverlo, per capire chi stesse vedendo qualcosa di diverso dal mio solito aspetto formoso. Era come se mi fossi svegliata da un lungo pisolino e mi sentissi appagata rimanendo in quello stato. Si stava al caldo e al sicuro, non sull'orlo di... oh!

I miei occhi si aprirono di colpo e non vidi le spoglie mura grigie dell'interno della struttura di smistamento dove avevo passato gli ultimi giorni. Al contrario, mi sembrava di essere in qualche sorta di struttura rustica, con il soffitto e le pareti fatte di tela dura. Non riuscivo a vedere la maggior parte dello spazio, poiché c'erano tre uomini sporti su di me. Mi si spalancarono gli occhi vedendo le loro dimensioni. Erano formidabilmente grandi e... *grandi*. Non avevo mai visto un uomo così grande, per non parlare di tre. Erano normali quelle dimensioni?

Tutto di loro era scuro. Occhi e capelli neri, abiti neri su pelli abbronzate.

Mi ricordarono gli uomini dell'area mediterranea dell'Europa. Ma il centro di smistamento non mi aveva mandato in Europa, e nemmeno in Medio Oriente, ma fuori dal pianeta. Trion? Dove si trovava? Quanto ero lontana da casa? La Direttrice Egara non mi aveva detto quanto questo pianeta fosse lontano prima di passare il dito sul suo display e teletrasportarmi. Era successo così in fretta, come quando ci si addormenta prima di un'operazione e poi ci si risveglia completamente ignari di tutto quello che è successo nel mezzo.

Ero stesa su un fianco, non più su quella sedia scomoda nella sala di preparazione, ma su un lettino angusto. I polsi e le caviglie non erano più bloccati. Alzai il braccio e mi passai le dita della mano destra tra i capelli dietro l'orecchio.

Sì. Eccolo lì. Esalai un sospiro di sollievo. Il piccolo gonfiore causato dall'impianto del dipartimento di giustizia, il dispositivo che, mi avevano promesso, mi avrebbe riportata a casa un giorno. Fino ad allora, dovevo sopravvivere come Evelyn Day, condannata per omicidio.

Sbattei le palpebre, confusa, mentre cercavo di recuperare la mia percezione. Per tutta la vita avevo sentito parlare di pianeti alternativi, ma le immagini di essi sui media non erano mai state trasmesse. Il trasporto extraplanetario era concesso solo al personale militare o alle donne del Programma Spose. Per questo avevo sempre immaginato che gli alieni fossero molto diversi dagli umani; mi sbagliavo decisamente.

Questi uomini, se erano esempi della razza del pianeta, erano degli esemplari molto attraenti e simili agli umani. Attraenti forse non era la parola adatta. Intensi, virili, mascolini. Magnifici.

In ogni caso, la loro potenza e la loro rude energia, le loro enormi dimensioni e la possibilità concreta che potessero farmi del male mi fece balzare indietro.

La parete dietro di me era cedevole e dovetti aiutarmi con una mano per mantenere l'equilibrio. Mi trovavo a gattoni, e gli sguardi degli uomini passavano dal mio viso al mio corpo. Sebbene l'aria fosse calda – ovunque mi trovassi – potevo sentirla sulla mia pelle nuda. Guardai verso il basso e non vidi il camice da prigione. Ero nuda.

"Dove sono i miei vestiti?" chiesi con un gridolino,

mentre cercavo di coprirmi e mi guardavo intorno. L'ambiente era spartano, conteneva solo il letto su cui ero seduta e un tavolo al centro. La stanza non era molto grande, o forse era la mole imponente dei tre uomini davanti a me che copriva gran parte dello spazio. Dei grandi bauli neri erano allineati alle pareti e da questi sporgevano degli arnesi di metallo, simili a strumenti medici e attrezzi della mia cucina.

"Sei stata trasportata e preparata come richiesto dalla procedura," disse uno degli uomini.

"Ma, sono nuda." Le mani mi si gelarono e guardai giù verso i miei capezzoli. Avevano degli anelli dorati che gli passavano attraverso. Come se non fosse abbastanza, una catena d'oro correva da un anello all'altro pendendo appena sopra il mio ombelico.

Io... uhm, avevo i piercing ai capezzoli. Non riuscivo a distogliere lo sguardo da quella strana vista. I cerchi erano più piccoli di un anello per le dita, la catenina attaccata era sottile come una corda e decorata con piccoli dischi dorati.

"Dalla tua reazione vedo che essere adornata non è un'usanza della Terra." Non guardai su per vedere chi avesse parlato.

Adornata? Sorprendentemente, i piercing ai capezzoli non facevano male, anche se erano appena stati fatti. Erano sicuramente intorpiditi. Quando avevo dieci anni mi feci bucare le orecchie e ci volle più di un mese per far guarire i buchi. Ora non sentivo dolore, solo una leggera tensione a causa del peso della catena. Era leggera, ma costante... ed eccitante. I miei capezzoli si indurirono e sussultai incrociando le braccia sul petto.

"Benvenuta a Trion. Io sono Tark, il tuo nuovo padrone, e tu ti trovi nel reparto medico dell'Avamposto Nove. Ti ho portata qui per farti visitare dal dottore dopo il tuo trasferimento, dal momento che non ti svegliavi." Quello sulla destra parlò, con una voce profonda e in qualche modo familiare. I suoi occhi scuri incontrarono i miei e indugiarono. Non riuscivo a guardare altrove, né lo volevo, perché sentivo... qualcosa. Nessun uomo sulla Terra mi aveva mai guardata in modo così intenso. Era come se mi stesse reclamando unicamente con i suoi occhi.

Perché la sua voce avrebbe dovuto suonare familiare? Strano. Respinsi quel pensiero dandolo per impossibile. Guardò uno degli altri uomini e poi guardò nuovamente me, distintamente e con minuzia. "Questo è Goran, il mio secondo in comando." L'altro uomo fece cenno di sì verso di me. Sembrava più giovane di Tark e qualche centimetro più basso, ma non per questo meno possente di corporatura. "E questo è Bron, il dottore di stanza qui all'Avamposto Nove."

Il terzo uomo inclinò la testa in assenso e rimase silenzioso. Non manteneva lo sguardo nei miei occhi come faceva Tark, ma li lasciava girovagare lungo il mio corpo. Spostai le mani per coprirmi meglio, ma sapevo che poteva vedere *tutto*.

Tutti e tre indossavano dei pantaloni neri ma, mentre gli altri due uomini avevano delle magliette nere, quella di Tark era grigia. Il taglio era simile a quello delle magliette che indossavano gli uomini sulla Terra, eppure non avevo mai visto spalle così larghe o corpi così definiti. Questi uomini forzuti e il loro abbigliamento non facevano che accentuare la cosa.

Tark era l'unico uomo a parlarmi. "Evelyn Day, sei stata abbinata a me dall'accordo interplanetario. Sebbene sia stato rassicurato della tua salute, il trasferimento potrebbe averti ferito. Hai dormito per più tempo di quanto previsto. Bron ti esaminerà per eventuali danni. In piedi."

Allungò la sua grande mano affinché io la prendessi. La guardai, poi guardai lui, con attenzione. Cautamente.

"Esaminarmi?" chiesi, con gli occhi ancora più sgranati. Potevo sentire la pressione del sangue nelle orecchie; mi venne il fiatone. "Non... non ce n'è bisogno. Come hai detto, sono solo... minuta."

Si avvicinò di un passo mantenendo la mano protesa. "Non sono d'accordo. Mi prendo cura di ciò che è mio."

Aspettò con pazienza, poi sospirò.

"Capisco che l'alternativa era una prigione terrestre. Sono lieto della tua scelta, dal momento che di tutti i possibili compagni nell'Accordo Interplanetario, i bisogni del tuo subconscio si adattavano meglio al nostro stile di vita. Sembra che daremo l'uno all'altra esattamente quello di cui abbiamo bisogno."

Fece una pausa ed io lasciai che quelle parole mi affondassero dentro. Mi avrebbe dato quello di cui avevo bisogno? Come poteva, quando quello di cui avevo bisogno era andare a casa, testimoniare e riprendermi la mia vecchia vita?

Si spinse in avanti e mi passò le nocche della mano sulla guancia. "Il tuo passato non ha importanza, *gara*. Ora sei mia e devi obbedirmi in ogni cosa." La sua voce si fece più bassa e il suo tono diceva che non sarebbe stato respinto.

Mi accigliai, non contenta delle sue parole, ma quel tocco delicato mi destabilizzò.

Presi la sua mano perché non avevo scelta. Era così grande da avvolgere completamente il mio palmo. Il tocco era caldo, la presa delicata, ma dubitai che mi avrebbe lasciato sfuggirgli. Se avessi voluto correre non avrei potuto superare gli uomini, e anche se avessi voluto scappare, non sapevo nemmeno dove mi trovassi. L'unico modo per tornare sulla Terra era attraverso il teletrasporto, e loro non mi avrebbero portato a un'unità di trasporto, né io sapevo come farne funzionare una. Ero seriamente bloccata con *lui*. Almeno fino a che non sarei stata richiamata per testimoniare. Il procuratore aveva detto che ci sarebbero potuti volere mesi, comunque. *Mesi* con quest'uomo su questo strano pianeta? Deglutii.

Mi aiutò a mettermi in piedi ed io barcollai, con la catena tra i miei seni che penzolava. Mi trovavo su quella che percepii essere una sottile pavimentazione grigia. Non copriva l'intero spazio della stanza, ma la sabbia la circondava fino alle pareti. Sabbia? Eravamo nel deserto? Era per questo che faceva così caldo e la loro pelle era così abbronzata? La vista dei miei piedi nudi accanto a tre paia di stivali era bizzarra.

Le pareti erano opache. Alcune luci su dei supporti disposti tutto intorno alla stanza emanavano un tenue bagliore.

Alzai la mano che avevo libera per fermare il movimento. Lui mi sorresse mentre giravo la testa per incontrare il suo sguardo. "Cosa... cosa ne farai di me?"

I suoi occhi scuri cercarono il mio volto per poi abbassarsi verso il mio corpo. Arrossii, sapendo che lui e gli altri potevano vedere tutto.

"Sei la prima terrestre che vediamo e devo dare un'occhiata da vicino." Il dottore mi passò lo sguardo sul corpo come aveva fatto Tark, ma lui mi fece sentire... esposta e sporca. Conoscevo quello sguardo. Gli uomini libidinosi, a quanto sembrava, non erano un'esclusiva della Terra.

Mi spostai per mettermi leggermente dietro Tark, usandolo come uno scudo. Il suo profumo si sollevava dalla sua maglietta ed era inebriante. Pulito, intenso e con un qualcosa di misterioso. Qualunque cosa fosse, mi piaceva. Era perché eravamo stati abbinati?

"Non ho bisogno di essere esaminata e certamente tu non hai bisogno di dare un'occhiata da vicino. Sto bene, altrimenti non mi avrebbero mandata. Inoltre, non sono un esperimento scientifico. Sono una compagna." Alzai il mento all'insù dando alla voce un tono risoluto, ma in realtà ero alla mercé di quegli uomini. Non avevo idea se il termine compagna avesse un qualche significato su

Trion, ma sicuramente nessun'uomo avrebbe lasciato che un altro *esaminasse* la sua compagna per puro divertimento.

Non guardai su, ma potevo vedere Tark che alternava lo sguardo tra me e gli altri due uomini.

"Le permetti di parlarmi in una tale maniera?" chiese Bron a Tark lanciandomi un'espressione velenosa.

L'altra mano di Tark si chiuse in un pugno. "Dovrei farti esaminare la *mia* compagna con il tuo cazzo duro nei pantaloni?"

L'uomo si fece da parte ed ebbe la decenza di sembrare imbarazzato.

Tark sollevo la mano facendo un gesto di sdegno e potei percepire, più che sentire, un ringhio profondo provenirgli dal petto. "Goran, portalo fuori di qui. Controllerò la mia compagna da solo."

Goran annuì e afferrò il braccio del dottore per trascinarlo via. Con un'ultima occhiata serrata sopra la spalla, Bron fu portato fuori dalla tenda passando da una tendina sulla parete più lontana. Vidi di sfuggita le sagome di altre tende ma la vista fu presto nascosta di nuovo.

Ora da solo con me, Turk si girò per guardarmi dall'alto, un guerriero torreggiante affamato della sua sposa. Non riuscivo a credere che quell'uomo fosse il mio compagno. Sebbene avessi sognato di trovare qualcuno di speciale, era piuttosto diverso sapere in anticipo che quel *qualcuno* era lui. Niente appuntamenti, niente corteggiamento per scoprire interessi in comune e compatibilità. Era piuttosto snervante. E inoltre, mi trovavo su un nuovo pianeta nel bel mezzo della galassia!

Potevo sentire le cose oltre le pareti sottili: voci, strani rumori meccanici, suoni insoliti che dovevano provenire da degli animali. Forse cavalli? Che tipo di animali avevano su Trion?

"Quello che ha detto Bron è vero. Non devi parlargli in quel modo."

Spalancai gli occhi. "Non ha avuto il comportamento che dovrebbe avere un dottore," ribattei.

Si prese un momento, come se stesse considerando la faccenda. "Sei nuova qui, e perciò lo terrò in conto relativamente alla tua punizione."

"Puniz..."

Alzo una mano e mi interruppe. "L'impertinenza non è concessa."

Misi il broncio. "È stato *lui* ad essere impertinente."

Tark tirò indietro le spalle e sembrò essere cresciuto di qualche centimetro. "Chi è l'impertinente adesso?"

Con le sue lunghe gambe fece due passi verso una panca bassa e semplice. Sembrava essere fatta di legno, ma non avevo idea se lo fosse davvero. Ce li avevano gli alberi su Trion?

Quando si fu seduto tese la mano all'infuori. "Vieni."

Guardai le sue dita lunghe e arrotondate ma non mi mossi. "Perché?"

"Ti darò la tua prima lezione su Trion."

Sembrava una cosa ragionevole, dal momento che mi trovavo sul pianeta da appena cinque minuti. Coprii la distanza che ci separava. Prima di accorgermi di cosa stesse succedendo, mi afferrò attorno alla vita e mi mise in grembo. Non ero una donna minuta ma lui mi manovrò come se fossi una piccoletta.

I miei fianchi poggiavano sulle sue cosce sode, la parte superiore del mio corpo piegata verso il pavimento grigio, con i seni sospesi verso il basso. La catena che dondolava tra di essi strofinava per terra. Le mie dita dei piedi toccavano il suolo ed io cercai di fare leva.

"Cosa stai facendo?" urlai con il sangue alla testa. "Fammi alzare!"

Tark mi mise una mano calda dietro la schiena per tenermi giù e quando cercai di scalciare lui mi bloccò le caviglie con una gamba.

"Sta' buona, *gara*. Mi aspettavo di darti una punizione abbastanza presto, ma non così presto."

"Punizione?" strillai. "Pensavo avessi detto che mi avresti insegnato qualcosa su Trion!"

"Lo sto facendo. Cominciando da questo."

Udii lo schianto della sua mano contro il mio sedere prima ancora di percepirlo. Il dolore acuto sfrigolò sulla mia carne nuda.

"Tark! Smettila, tu, prepotente... idiota!"

Mi sculacciò di nuovo. E di nuovo. Ogni volta che il suo ampio palmo colpiva lo faceva in un punto diverso. Presto la mia pelle sembrava aver preso fuoco, dolorante e bollente.

Avevo il fiatone, i capelli mi pendevano sul volto ed io cercavo di spostarli. Ad un altro colpo deciso della sua mano, riuscii a sporgermi all'indietro per cercare di coprirmi il sedere. Invece di essere scoraggiato, lui mi prese i polsi nella mano libera e continuò.

"Sei pronta ad ascoltare... con la bocca chiusa?" chiese continuando a colpire la mia pelle bollente. Doveva essere sicuramente gonfia e arrossata.

Troppo spaventata per dire una parola, feci solo di sì con la testa e sprofondai sul suo grembo.

"Ah, *gara*." La tua sottomissione è un piace per gli occhi. Prima che potessi pensare a quell'affermazione continuò. "Parliamo con deferenza, qui su Trion. Credo che si chiamino anche buone maniere."

Tirai via un ciuffo di capelli dalla mia bocca e realizzai che Tark mi considerava maleducata. Cosa credeva, che la Terra fosse piena di selvaggi?

"Non tocca a te discutere con il dottore. È compito mio farlo al posto tuo. È stato impertinente, come hai detto, ma in qualità di tuo compagno è mio compito difendere il tuo onore. Difendere la tua posizione di donna in questa società. Proteggerti. Quando hai parlato a sproposito mi hai disonorato."

Era un tantino antiquato, ma potevo capire la logica. Battei le dita della mano sul pavimento liscio. Fare conversazione con la faccia vicino a terra era strano, ma lo era anche venire sculacciata. Be', in fondo lo era anche trovarmi su Trion. "Intendi che devo sottomettermi a te?"

"Hai familiarità con gli usi e i costumi di Trion?"

Scossi la testa.

"Hai familiarità con me?"

Scossi di nuovo la testa.

"Con il Dottor Bron o con l'esame a cui ti stava per sottoporti?"

"No." replicai.

"Se dovessi trovarmi sulla Terra, non vorresti parlare al posto mio per guidarmi mentre imparo le cose?"

Serrai i denti odiando il fatto che questo ragionamento non fosse infondato.

"Sì."

Lasciò la presa sui miei polsi e mi aiutò a mettermi in piedi davanti a lui, abbastanza vicina da trovarmi in mezzo alle sue ginocchia spalancate. Il mio sedere era caldo e pizzicava per via delle sculacciate. Tark era così grande che i suoi occhi non erano in linea con il mio seno. Ciò non voleva dire che non mi sentissi meno esposta e vulnerabile, soprattutto ora che aveva puntualizzato gli errori del mio comportamento.

"Devo controllare il tuo impianto."

Le sue parole mi distrassero dai miei pensieri. Ero sorpresa che potesse cambiare argomento così rapidamente. Mi aveva inflitto la punizione ed ora si poteva andare avanti?

"Suppongo che il tuo neuro processore stia funzionando a dovere, dal momento che sembri capire tutto quello che ti ho detto."

Corrugai la fronte. "Cosa?" Di cosa stava parlando? Quale neuro processore?

"Non avere paura, piccola donna." Ero di altezza media e almeno di due taglie più grande di quanto consigliato dalle tabelle mediche della Terra. Non ero *piccola* ma, stando di fronte al mio nuovo compagno, mi sentivo minuscola e molto, molto femminile.

Tark sollevò le mani sulla mia testa e fece scorrere le dita sul mio volto fino ad arrivare sopra le tempie, appena sopra gli occhi. Doveva aver trovato quello che stava cercando, visto che quando applicò una lieve pressione sentii due bozzi estranei premere contro le ossa del cranio. Non facevano male, ma erano decisamente bizzarri.

"Che roba è?" Quando Tark ebbe spostato le mani alzai le mie dita tremanti sugli stessi punti e sentii i piccoli bozzi sotto la pelle.

"Sono delle unità di elaborazione neurale avanzate, o UEN. Tutte le razze avanzate appartenenti al Programma Spose Interstellari le hanno impiantate dalla nascita. Le UEN aumentano l'abilità del tuo cervello di elaborare e imparare i linguaggi e la matematica e migliorano la memoria. Adesso stiamo parlando nella lingua comune del mio pianeta, che è stata scaricata nella tua UEN prima del tuo arrivo."

Porca vacca. Ero diventata un androide o cosa?

"Ho della tecnologia aliena impiantata nella testa? Ci sono dei cavetti che attraversano le cellule del mio cervello? Come può questo sistema di UEN integrarsi e comunicare con il tessuto organico?" La mia mente addestrata a pensare dal punto di vista medico aveva centinaia di domande e nessuna risposta.

Gli occhi di Tark si spalancarono e lui torse le labbra. "Sei davvero curiosa!"

Invece di rispondere alle mie domande, si mise a guardare il tavolo al centro della stanza. "Mettiti di nuovo giù, Evelyn Day." La sua voce era ancora profonda, ma mancava del tono pungente che aveva mentre mi sculacciava.

Non potevo evitare il mio compagno o ciò che aveva in mente di farmi. Potevo provarci, ma decisi che non lo avrei fatto perché il sedere mi faceva davvero male e stavo ancora soffrendo le conseguenze delle mie azioni precedenti. Sebbene il dottore avesse stuzzicato la mia ira, Tark mi faceva sentire qualcosa di completamente diverso. Non ero felice che mi avesse sculacciata - assolutamente no – ma aveva argomentato in modo chiaro il fatto che *ero* stata nel torto. Mi piacque il fatto di avermi punita e poi essere passato ad altro. Sentivo che anche io avrei dovuto andare oltre la punizione. Imparare da essa, certo, perché non volevo ripetere di nuovo l'esperienza. Mi massaggiai la pelle rovente.

Curioso. C'era qualcosa in lui, nella sua forza, nella sua protettività – mi aveva protetto dal dottore - e nella sua dominanza, che era davvero molto attraente. Osservando quanto il suo corpo massiccio fosse definito dentro i suoi abiti scuri ebbi voglia di accontentarlo. Oltre a ciò, fremevo dalla voglia di scorrere le mani sulle sue braccia per sentirne i bicipiti, sulle sue ampie spalle, giù verso il suo torace. Di sicuro doveva avere degli addominali duri e definiti. E più giù...

Andai verso il tavolo e Tark mi seguì. Con le mani sui miei fianchi, mi sollevò sulla superficie metallica, il cui contatto con il mio sedere surriscaldato mi fece emettere un sibilo.

"Sdraiati," mi disse Tark.

Bagnandomi le labbra mi sdraiai sul tavolo e osservai i suoi occhi corrermi sul corpo. Diversamente dal dottore, Tark mi guardava con evidente eccitazione, ma anche con qualche specie di venerazione. Sentivo l'intensità del suo sguardo accaldato mentre le sue dita tracciavano le curve della mia carne.

"Come ho detto, devi essere esaminata per essere certi che stai bene. Ho dei piani per te, *gara*."

Non potei fare niente se non inumidirmi le labbra secche al suono rauco della sua voce.

"Adesso ti toccherò."

Sussultai quando la sua mano si strinse a coppa sul mio seno e, sebbene il tocco fosse delicato, potevo sentire i calli ruvidi sul suo palmo.

Guardò il mio capezzolo inturgidirsi, per poi strofinare il pollice avanti e indietro sulla punta, spostando l'anello dorato.

"Perché... perché gli anelli?" chiesi con voce flebile. Rabbrividivo all'idea di un estraneo - che oltretutto era il mio compagno - che mi toccava.

"Adorniamo le nostre donne e troviamo gli anelli sia graziosi che eccitanti." Guardò il mio seno e continuò "Tutte le nostre compagne portano anelli ai capezzoli. È un segno di appartenenza e di rispetto."

"Non fanno male," dissi.

Sorrise. "Spero di no. Il mio tocco dovrebbe darti piacere, *gara*, e nient'altro."

No, non facevano affatto male. Al contrario, il leggero tirare e strattonare del metallo era incredibile. I miei capezzoli erano sempre stati sensibili, ma ora, mi misi addirittura ad inarcare la schiena per pressare di più sul palmo delle sue mani.

"Sei stata preparata secondo i nostri costumi sociali. Normalmente ci vogliono diverse settimane affinché i buchi degli anelli si rimarginino, ed io non ho alcuna intenzione di aspettare così tanto prima di toccarti... qui." Diede un colpetto all'anello ed io sussultai. "Uno dei benefici del trasferimento... per entrambi."

"E la catena?"

Tark sollevò la catena ed io potei notare un piccolo stemma inciso su diversi dischetti dorati intrecciati nella trama scintillante. "Questo simbolo è il mio marchio di nascita e il marchio della mia discendenza. Ciò significa che sei mia. Fino a che non ti avrò rivendicata e marchiata permanentemente, sarà anche la tua protezione."

"Protezione?" Non capivo come degli anelli ai miei capezzoli mi avrebbero potuto proteggere da qualsiasi cosa, ma per il modo in cui continuava a giocherellarci, non me ne importava molto.

"Nessuno oserà toccare ciò che appartiene all'alto consigliere." Suonava come un possessivo uomo delle caverne. "Basta domande. Metti le mani sopra la testa e permettimi di esaminare la mia compagna."

Raggelai, con le mani bloccate davanti a me. "Tark, io non..."

"Questo..." Mosse la mano un po' più in basso e tirò delicatamente la catena, inviando una calda scarica di piacere che partiva dai miei capezzoli e andava direttamente al mio clitoride, "...è anche uno strumento che utilizzerò per assicurarmi che tu impari l'obbedienza, *gara*. È solo uno dei molti modi in cui il tuo corpo imparerà a sottomettersi al mio – e a dissuaderti dal discutere."

Lasciò andare la catena, che ricadde di nuovo sulla mia pelle, con il metallo, prima freddo, riscaldato ora dal suo tocco. Tark racchiuse gentilmente entrambi i miei polsi nelle sue mani grandi e forti e iniziò lentamente a muovere le mie fin sopra alla testa, come aveva richiesto.

"Oppure, posso farti girare sulla pancia e sculacciarti di nuovo. La scelta è tua."

Strabuzzai quasi gli occhi quando capii che avrebbe decisamente preso in considerazione tale possibilità.

"Non che abbia molta scelta," brontolai.

Fece un sorrisetto. "Impari in fretta, *gara*. Sappi che non ti farò mai del male. Ma non permetterò nemmeno che tu lo faccia a te stessa. Bron..." sputò fuori il nome dell'uomo, "...è da poco al mio servizio e, dopo come si è comportato, convocherò un nuovo ufficiale medico non appena saremo tornati al palazzo. Non gli permetterei di curare il mio *frim*, figurarsi la mia compagna."

Quindi poco prima non stava prendendo le difese del dottore. Se solo me ne fossi stata buona prima, Tark avrebbe congedato quell'uomo ed io sarei stata in questo punto esatto, ma senza il sedere dolorante.

Lo sguardo oscuro di Tark passava dai miei seni protesi al mio volto. "Ora ti toccherò e tu mi dovrai dire se senti alcun dolore o disagio causato dal tuo trasferimento."

Le sue mani passarono dalle mie braccia nude ai miei seni, fino alle curve della mia cassa toracica e ai fianchi. I brividi mi scossero la pelle. Stava studiando il mio corpo come se fossi stata un esemplare affascinante, qualcosa che non aveva mai visto prima, e non necessariamente in maniera sessuale. Eppure, il suo tocco delicato calmava la mia paura, e senza nessuna paura dietro cui nascondermi, non potevo evitare di concentrarmi su altre cose.

Il calore delle sue mani. Il battito frenetico del mio cuore. Il suo tocco era come fuoco sulla mia pelle ed era *molto* scrupoloso. Nonostante l'idea di non voler permettere a un estraneo di toccarmi così intimamente, e nonostante tutto lo stress delle ultime due settimane, il mio corpo sapeva cosa fare e cosa voleva. Rispondeva con un desiderio così immediato da scioccarmi. La sua mano si mosse fino alle gambe e scivolo tra le mie cosce.

Ebbi un sussulto al leggero contatto, il mio corpo si inarcò sopra al tavolo come se Tark mi avesse dato una scarica elettrica. Strinsi le ginocchia, bloccando la sua mano in posizione. Mollò la presa sui miei polsi e tracciò la dolce curva del mio addome fino a quando non trovò la catena, a cui diede un leggero strattone. Strillai e chiusi gli occhi. La vista di lui sopra di me, così dominante, così intenso, mi fece considerare cose che non avrei mai e poi mai pensato di fare. Come lasciare che un completo sconosciuto giocasse con la mia fica. No, non lasciare, volere. Volevo che il mio compagno mi toccasse.

Che diavolo mi stava succedendo? Il trasferimento mi aveva fatto perdere la testa? Mi aveva eccitata? C'era qualche tipo di neuroprocessore sessuale stimolante che mi alzava la libido? Ma d'altra parte, poteva anche essere solo il testosterone che gli trasudava dai pori.

"Apri le gambe, *gara*. Ora. Non avere paura."

"Io non... non ho..." Non avevo paura che mi facesse male. Al contrario, l'opposto. Avevo paura di me stessa, paura che gli avrei dato qualunque cosa volesse. Non lo conoscevo affatto, ma le sue mani gentili e i suoi ordini risoluti minacciavano di rompere tutte le mie barriere, di rompere tutte le mie regole riguardo agli uomini. E lo avevo appena incontrato.

Lo sentii avvicinarsi, e la sua bocca si chiuse sul mio capezzolo; il vorticare della sua lingua che tirava il piccolo anello mi fece gemere di piacere. "Apriti per me, compagna. Fammi vedere ciò che è mio."

Il suo tocco. Il suo bacio. Il suo calore.

Il mio compagno. Mio. Apparteneva a me quanto io appartenevo a lui. Almeno per il momento.

Lasciai che le ginocchia mi si spalancassero e aprii gli

occhi per vederlo spostarsi dal mio seno e avvicinarsi al mio addome.

Appoggiandomi sui gomiti, guardai giù verso il mio corpo e i miei occhi si spalancarono ulteriormente. "Non ho peli." Credevo che la sensazione sarebbe stata diversa... là sotto, ma ero stata troppo distratta dagli anelli ai capezzoli, dalla catena e dalle sculacciate per notare che la mia vagina era stata rasata.

"È molto sensibile?" chiese, per poi abbassarsi e soffiare dolcemente sulle labbra della mia fica. Poteva non aver mai toccato prima una donna della Terra, ma di sicuro sapeva ciò che faceva. Soffiò di nuovo ed ebbi un tremito. Aveva lo sguardo fisso ora, con il viso così vicino da poter sicuramente sentire il mio struggimento, e chiesi...

"Ho... ho le forme delle donne del tuo pianeta?"

"Mmm."

Pensavo che avrebbe ignorato la mia domanda ma, apparentemente, aveva deciso di investigare.

Tark sollevo qualcosa dal lato del tavolo e, poco dopo, un oggetto freddo e duro veniva inserito dentro di me. Spinsi con gambe e braccia cercando di dimenarmi e allontanarmi.

"Fermati. Cosa mi stai facendo?"

"Non muoverti."

Scossi la testa, stupefatta dall'oggetto. Mi afferrò nuovamente i polsi e li assicurò con facilità alle catene che erano sul tavolo. Inclinai la testa per guardarle. Tirare era inutile. Non si muovevano. Era come nel sogno al centro di smistamento, legata e con un uomo che mi toccava. Potevo sentire la mia fica bagnarsi al ricordo. Cercai di divincolarmi ma la cosa mi faceva solo bagnare di più, con l'eccitazione che scivolava fuori avvolgendo il vibratore che mi stava riempiendo. Ero bloccata con un uomo incombente su di me, le cui dimensioni gli avrebbero permesso di farmi del male, ma tutto quello che voleva era darmi piacere, uno strano, sconosciuto e spaventoso piacere. Il sedere mi faceva ancora male dalla sculacciata di prima, ed io non potei fare altro che sottomettermi.

La larga mano di Tark si piazzò sul mio addome e una strana e ronzante sensazione mi si formò dentro, seguita da un calore che dalla fica si irradiava verso il culo, in fondo all'utero, su verso le mie grandi labbra e poi ancora più su fino al clitoride, colpendo come una piccola scossa elettrica. Quel vibratore era diverso da qualcuno altro avessi mai visto – o sentito – prima.

"Ah!" I miei fianchi ebbero uno scatto per quella sensazione travolgente e gli occhi di Tark sembrarono ipnotizzati nel guardare le mie reazioni.

Lo strano strumento nella mia fica faceva bip per tre volte e poi andava di nuovo a elettrizzarmi il clitoride. Non c'era altra parola a cui potevo pensare per descriverlo. Non faceva male, affatto. Era incredibile, ed era quello il problema. "Arrenditi, compagna. Sottomettiti all'esaminazione, proprio come stai imparando a sottometterti a me."

3

"Questo non è un esame. Questo è…" Una potente scarica elettrica pulsò attraverso le pareti della mia fica fino al culo. Le pareti vaginali e la parte bassa dell'addome battevano e si contraevano così forte che mi sentii esplodere. "Oh, Dio."

Il mio corpo si contorceva sul tavolo, fuori dal mio controllo. Lottai con le catene che avevo ai polsi. Tremante ed esausta, distolsi il volto dal mio nuovo compagno. Provai a riprendere fiato e a trattenere le lacrime. Il dispositivo dentro di me si fermò, limitandosi ad emettere un piccolo e quasi impercettibile ronzio. Ma dopo lo shock incredibile dell'orgasmo forzato, quella piccola vibrazione era facile da ignorare.

La pressione che Tark esercitava sul mio addome e sulle cosce si attenuò, dopodiché mise la mano tra le mie gambe per rimuovere l'oggetto alieno che avevo nella fica. Volevo correre a nascondermi, ma ero legata. Come avevo potuto reagire così ad uno stupido e piccolo attrezzo medico? Cosa mi aveva fatto?

Guardò uno schermo collegato ad un attrezzo argentato e arrotondato e fece di sì con la testa. "Eccellente, Evelyn Day. La sonda indica che sei fertile e sana, e che il tuo sistema riproduttivo e quello nervoso stanno funzionando a livelli ottimali."

"Lasciami andare." Cercai di chiudere le gambe, ma lui le teneva ben aperte dalle ginocchia.

Guardando in su verso di me con i suoi occhi scuri disse, "Ora sei mia e non ti lascerò andare. Non quando il tuo corpo è così impaziente di conoscermi."

"Impaziente?" chiesi. "Mi hai costretta a provare quel piacere. Guardami! Sono legata a un tavolo e il sedere mi fa male." Una lacrima mi scivolò sulla guancia.

Asciugandola con un dito, rispose "I test dovevano essere fatti. Non c'è niente di male a gustarsi un assaggio di piacere mentre ti ci sottoponi. E mentre ti sottometti a me."

Un dito forte e arrotondato tracciò le pieghe della mia vagina, ed io mi imbarazzai sentendo con che facilità riusciva a scivolare nei miei umori. "Vedi? Ti fa bagnare. Essere legata e aperta per me ti piace."

"Perché dovrebbe?" risposi.

"Perché sono il tuo compagno. Non mettere in dubbio o combattere quello che è un abbinamento perfetto." Trovò il mio clitoride e i fianchi mi scattarono verso di lui, al suo comando e affamati del suo tocco curioso.

Chiaramente il mio corpo e la mia mente non erano in sincronia.

"Sei, effettivamente, molto simile alle nostre femmine. Dovrebbe piacerti se metto il dito qui... e qui."

Scossi la testa. "N-No..." replicai.

Ora stava usando tre dita, con il pollice sul mio clitoride e le altre due inserite in profondità.

"Puoi venire al mio tocco, anche se non ci conosciamo. I nostri corpi, le nostre menti, le nostre anime, sono profondamente connesse. Arrenditi, *gara*."

Le braccia mi iniziarono a tremare e dovetti rilassarmi sul tavolo. Continuò a scoparmi con le dita, trovando quel punto sensibile all'interno. Mentre la sonda mi aveva dato un piacere abbastanza intenso, le sue dita suscitavano qualcosa di completamente diverso. Erano molto più abili, ed erano parte di lui. Ancora eccitata per la mia *esaminazione*, gemetti e mossi i fianchi sotto la sua mano, desiderosa di averne ancora, impossibilitata a negare il bisogno disperato che aveva il mio corpo di venire sotto la sua mano.

"Sì, sei molto simile. Ah, mia compagna, dalla tua reazione posso dire di aver trovato un posto segreto dentro di te che ti condurrà verso il piacere. Vedi? Ti ho tenuto le mani legate perché so che ti piace. Enfatizza il tuo piacere."

Lo aveva trovato sul serio, e anche ogni altro punto segreto che mi eccitava. Se ci fosse rimasto un altro po', mi avrebbe fatto venire di nuovo. Adesso avevo il fiatone, ed ero bagnata e mortificata per aver reagito così con lui.

Un completo sconosciuto. Non poteva stare accadendo a me. Ci doveva essere una spiegazione razionale. "Le donne vengono drogate durante il trasferimento?"

"No." Il suo sguardo cambiò all'istante, da buono e indulgente a freddo e offeso. "Non droghiamo le nostre donne per motivi di piacere. Come puoi sentire, non è necessario. È questo che i codardi sulla Terra fanno alle loro compagne?"

"Alcuni." Lo avevo insultato e non ne avevo intenzione. Ma seriamente, in nome di tutto ciò che è sacro, cosa mi stava succedendo? "Mi dispiace, volevo solo..."

"Nessun uomo valoroso ha bisogno di droghe per sedurre la sua compagna." Rimosse deliberatamente e con lentezza la mano dalla mia fica, facendomi sentire abbandonata. Bisognosa. Debole. Si allungò per liberare un polso e poi l'altro dalle catene. Mentre gli occhi mi si riempivano di nuovo di lacrime, realizzai che, senza dubbio, stavo perdendo la testa. Forse il peso degli ultimi giorni si era finalmente fatto sentire. L'omicidio a cui avevo assistito. Il piano per spedirmi lontano dal pianeta per stare nascosta e al sicuro. La nuova identità e la preparazione. Il terrore di essere mandata su un nuovo mondo, da un uomo che non avevo mai incontrato.

"Mi dispiace, Tark. Non volevo offenderti."

"Sei stanca e su un nuovo mondo." Lo guardai mettersi le dita luccicanti in bocca e sorridere.

Oh, mio Dio, mi stava assaggiando. Era una visione

molto erotica; strinsi le cosce insieme per alleviare il desiderio.

"Dolce. Come il frutto di *rova*."

Non potei rispondere. Cos'avrei potuto dire a un uomo che aveva appena leccato gli umori della mia fica dalle sue dita?

"Mentre dormivi, i regolari strumenti di scansione di Bron non hanno rilevato problemi medici. Da come hai reagito a quest'ultimo esame, solo con piacere e senza dolore, presumo che il trasferimento sia stato troppo spossante affinché il tuo fragile corpo femminile resistesse senza riposare."

Potei solo annuire. Avrei dovuto provare vergogna, o paura, o imbarazzo per aver lasciato che Tark mi toccasse così intimamente. Ero ancora nuda, esposta, e vulnerabile, e decisamente sotto il suo controllo. Sentivo tutte quelle cose, ma la mia mente e il mio corpo erano in subbuglio, perché il suo tocco mi aveva fatta sentire al sicuro, desiderabile e molto, molto eccitata.

Non mi accorsi che Goran era tornato fino a che non parlò. "Il dottore è sull'ultimo convoglio per l'Avamposto Diciassette."

Tark non distolse lo sguardo da me. "Bene. È tutto pronto?"

"Sì, signore."

Tark si mise accanto alla sonda argentata, in piedi in tutta la sua altezza, si abbassò e mi sollevò in piedi davanti a sé. Ora riuscivo a vedere com'era fatto lo strumento. Era decisamente un vibratore di un altro mondo. Se li avesse venduti sulla Terra, Tark ci avrebbe fatto una fortuna.

Goran passò a Tark un lenzuolo e me lo avvolse attorno come un mantello.

"D'ora in poi, il tuo corpo appartiene a me. Nessun altro uomo vedrà ciò che è mio senza permesso. Capisci?"

Senza permesso? Intendeva che avrebbe potuto permetterlo? Ero confusa, ma prima che potessi fare una domanda mi sollevò con le braccia e mi portò fuori dalla tenda, seguendo Goran. L'aria era calda e secca, ma fuori era buio, con un'unica luce proveniente da dei pali ad energia solare che s'illuminavano a intervalli regolari lungo il terreno. Riuscivo solo a vedere i contorni di diverse tende. Tark e Goran si muovevano con passo silenzioso, come fantasmi. Non c'erano molte persone in giro; forse era molto tardi. Un rumore animalesco, come il ragliare di un asino, ruppe la calma. I passi degli uomini erano veramente troppo silenziosi per le loro dimensioni.

Guardai giù e realizzai che Tark mi teneva in braccio attraversando una vasta distesa di sabbia, la stessa che avevo visto lungo i margini della tenda medica. Ero stata trasportata in qualche tipo di accampamento nel deserto. Ne aveva pronunciato il nome... Avamposto qualcosa. Non riuscivo a ricordare.

Goran sollevò il lembo di un'altra tenda – sembravano tutte uguali nel buio – e Tark si chinò per portarmi dentro e rimettermi a terra sui miei piedi. Soffici tappeti formavano una trama che copriva completamente la sabbia sottostante. A un lato della tenda c'era un morbido letto di lenzuola e pellicce, dall'altro un piccolo tavolo pieno di ciotole e strani frutti viola e blu.

"Questa è la mia tenda per la nostra permanenza all'Avamposto Nove. Come ho potuto constatare, non hai riportato ferite dal trasferimento e sei facilmente eccitabile."

Tark mi condusse verso uno strano tavolo al centro della stanza, mi mise in piedi davanti ad esso e mi strappò il lenzuolo dalle spalle. I miei seni oscillavano mentre mi muovevo, con la catena che strofinava sulla pancia e mi tirava i capezzoli. Mi formicolavano per il movimento e per il peso.

Le guance mi s'infuocarono sentendo le sue parole e lanciai uno sguardo a Goran. L'espressione dell'uomo non tradiva alcuna emozione. Che ci faceva in questa tenda?

"Adesso ti scoperò," aggiunse Tark. Lo disse come se stesse dicendo che mi avrebbe portato al supermercato. Questa non era la Terra e, decisamente, Tark non faceva giri di parole.

Spalancai gli occhi. Cercai di scansarmi dalla sua mano ed iniziai a cedere al panico. "Cosa? Perché? Noi... aspetta! Non voglio."

Non mi lasciò andare, ma con la mano libera cominciò ad accarezzarmi la schiena nuda. Come faceva quel tocco ad essere così caldo?

"In qualità di tuo compagno, *gara,* conosco i tuoi veri desideri. Inoltre, so bene come proteggerti qui, sul mio pianeta. Ricorda, non ti darò sempre ciò che vuoi, ma ti darò sempre ciò di cui hai bisogno."

La sua risposta non mi piacque per niente. Come poteva conoscere i miei veri desideri? Ci eravamo appena incontrati. La mia fica, comunque, continuava a fremere per il riverbero del dispositivo medico. Stupido affare a forma di vibratore.

"Io non ho *bisogno* di essere scopata," ribattei, sebbene non avessi bisogno di guardarmi i capezzoli per sapere che si erano inturgiditi sentendo le sue intenzioni. Giocando con le dita con la mia fica, mi aveva solo lasciata più eccitata e bramosa che mai. Insoddisfatta.

Mi sorrise, ed era così diverso, così attraente, che il respiro mi si bloccò in gola.

"Ne sei sicura? Mi stavi gocciolando sulle dita pochi minuti fa. Hai urlato di piacere durante l'esame di neurostimolazione. Ho leccato i tuoi umori dalle mie dita. E adesso neghi l'evidenza?

Cercai di divincolarmi, ma era troppo forte. Mi passò di nuovo le dita sull'inguine e poi le sollevò in modo che entrambi potessimo vedere il liquido luccicante.

Le guance mi s'infiammarono.

"Il tuo corpo è in disaccordo con la tua mente. Obbediscimi o sarai punita di nuovo."

Sussultai al tono risoluto della sua voce e sentii di nuovo il dolore sul fondo schiena. "Di nuovo? Ma non ho fatto niente di male!"

Tark sospirò. "Stai pensando troppo. A volte una punizione è semplicemente quello che ti *serve*." Mi tirò più vicino al tavolo nonostante i miei piedi lottassero per contrastare la spinta.

"Obbedisci," ripeté guardandomi dall'alto. "Appoggiati al tavolo."

Guardai lo strano tavolo; di sicuro non era un tavolo su cui mangiare.

"Perché?" chiesi brontolando.

Sospirò ancora, ma restò calmo. "Tutte le donne della Terra sono così cocciute e curiose o soltanto tu?"

Con una mano dietro le spalle mi fece piegare sul tavolo. Il suo tocco era delicato, ma il suo intento era chiaro. *Avrebbe fatto a modo suo e, nel profondo, volevo che lo facesse.*

Il tavolo era più stretto di quanto pensassi, e aveva spazio solo per la mia pancia. Sussultai sentendo la superficie fredda premere contro la mia pelle. I miei seni pendevano giù e la catena dondolava. Sentii il tavolo sollevarsi automaticamente fino a che non ebbi solo i piedi sul tappeto. Tark si piegò e con una sottile cinghia di pelle fissò la mia caviglia destra ad una gamba del tavolo, per poi procedere con la sinistra. Cercai di scalciare, ma era uno sforzo inutile. I lacci erano molto resistenti.

"Potrai anche scalciare, ma non servirà," mormorò Tark spingendomi di nuovo giù. La sua voce era severa. Piegata com'ero, girai la testa per guardarlo, ma i miei capelli lunghi mi celavano la vista. I suoi occhi erano scuri e intensi. La sua mascella squadrata era serrata. "Il processo di rivendicazione deve essere completato, in

modo che nessun altro cercherà di toccarti." Tark mi
passò la mano su e giù lungo la spina dorsale con una
particolare attenzione ad ogni curva. "Verrai scopata.
Puoi solo decidere se prima essere sculacciata di nuovo."

Fece scorrere la mano sul mio sedere dolorante,
facendomi trasalire. Il dolore non era insopportabile, ma
mi ricordava che avrebbe fatto ciò che diceva.

La mia mente era ancora aggrappata a una cosa che
aveva detto. Altri? Cercheranno di toccarmi? Anche loro
avrebbero provato a rivendicarmi? Qualche coglione,
come Bron, avrebbe provato a scoparmi? Non mi piaceva
l'idea.

Tark prese le mie mani e le mise su dei piccoli legacci,
legandomi i polsi alle restanti gambe del tavolo. Una
volta immobilizzata come voleva, restò in piedi. Sapevo di
avere il sedere arrossato e la fica ben esposti, e il bagnato
tra le mie gambe mi provocò un brivido mentre l'aria
passava sulla pelle nuda. Non mi ero mai sentita così
vulnerabile o così eccitata.

Non ero mai stata legata prima di allora, di sicuro non
in quel modo. La sensazione dei legacci attorno a polsi e
caviglie era costringente, ma anche in qualche modo
liberatoria. La mia mente lottava contro quello che Tark
stava facendo, i pensieri continuavano a sfuggirmi da
quando ero arrivata, suscitando un senso di colpa o di
vergogna ogni qualvolta il mio corpo reagiva a lui. Ma
ora, queste cinghie mi avevano liberato. Proprio come con
le catene alle mani che mi bloccavano mentre mi
esaminava con quell'affare a forma di vibratore, potevo

solo arrendermi e sottomettermi al controllo di Tark. Stava per fare ciò che voleva – ciò che aveva detto mi servisse – e io non potevo farci niente, soprattutto adesso, eccetto sottomettermi. Non avevo nessuna scelta, né sensi di colpa. Nessuno mi avrebbe giudicato o mi avrebbe dato della troia se quello che volevo era essere presa in fretta e con forza. E ora, lì, piegata e in procinto di essere scopata dall'uomo più grande che avessi mai visto, ammisi per la prima volta in vita mia che essere presa in quel modo era esattamente quello che volevo.

Tark era il mio compagno. Combaciava con me. Solo con me. Mi aveva tolto ogni scelta, e nel farlo mi aveva in qualche strano modo liberata.

"Tark, io..."

"Mi dovrai chiamare padrone."

"Padrone?" Mi lamentai. "Sei serio? Perché..."

Un violento schiaffo al sedere mi fece ingoiare il resto delle parole. Era più forte dei colpi che mi aveva dato prima e mi fece urlare.

"*Gara*, esuberante *gara*. Una bella scopata è quello che ti ci vuole." Si fece in avanti e diede un colpetto alla catena attaccata ai miei capezzoli per metterla in movimento. La sensazione deliziosa mi fece gemere. "Accetti di essere mia, *gara*? Accetti la mia protezione e la mia devozione?"

Lasciai ricadere la testa. Buon Dio. Ero davvero in trappola... un ultimo strattone ai legacci me lo confermò. Tark mi aveva eccitata e legata, e mi aveva chiaramente detto che mi avrebbe scopata. Avevo mai incontrato un uomo così diretto e prepotente? E perché al mio corpo piaceva così tanto? Volevo Tark. Solo Tark. Non volevo nessun altro su quello strano mondo. Il suo tocco, la sua attenzione, mi facevano eccitare così tanto da riuscire a malapena a pensare. Aveva fatto un bel lavoro eccitandomi, facendomi venire e tenendomi così eccitata da farmi andare in pappa il cervello, perché altrimenti avrei lottato e urlato per essere liberata. Al contrario, aspettavo di essere riempita dal suo cazzo.

Ci sarebbero voluti solo pochi mesi prima del processo. A quel punto sarei stata a casa e di nuovo con la mia vita normale. La mia solitaria, noiosa, vita normale. Di nuovo con uomini che sapevo non erano fatti per me, che sapevo non sarebbero stati così perfettamente intonati al mio profilo psicologico. In questo momento, avevo un uomo eccitante e virile, pronto a possedermi, pronto a darmi qualcosa che non avevo mai saputo di volere.

Me ne stavo stesa lì, con il culo per aria che faceva male e che ne voleva ancora. Ammisi un fatto lampante – il centro di smistamento sulla Terra mi aveva abbinato a quest'uomo, e tutte le ragioni del mondo non mi avrebbero convinto a negarmi questo piacere. C'era solo una cosa che potevo dire. "Sì."

"Per i registri ufficiali, Evelyn Day, sei attualmente, o sei stata in passato sposata, abbinata o unita a un altro uomo?"

"No." La sua domanda mi rallentò i pensieri.

"Hai della prole biologica?"

"Cosa? Me l'hanno già chiesto..."

Un altro colpo potente e il mio sedere iniziò a bruciare. "Rispondi alla domanda."

"Ta... voglio dire padrone!" urlai cercando di spostare i fianchi. "No. Non ho figli."

"Bene. Indipendentemente dal nostro abbinamento, non rivendicherò una donna che appartiene ad un altro né la allontanerò dai suoi figli." Il palmo caldo della mano di Tark mi accarezzo il culo, dove la mia pelle morbida doveva essere di un rosa brillante per i colpi della sua mano. "Goran, sei pronto ad assistere alla rivendicazione?"

"Sì. Registrazione ufficiale attivata."

Mi irrigidii sotto la mano calda di Tark. Registrazione? E perché Goran si trovava lì? C'era qualcun altro che non vedevo dietro di me? L'idea mi mandò nel panico. Potevano vedermi completamente e non c'era niente che potessi fare. Potevano vedere che il mio sedere era già stato sculacciato. Non era Tark a farmi paura, ma non avevo intenzione di essere condivisa, di essere una prigioniera al servizio non solo del mio compagno, ma anche degli altri.

"Tark, non voglio nessun altro qui dentro."

Mi sculacciò di nuovo facendomi scattare le cosce. "Chiamami padrone."

"Padrone, per favore," sussurrai. "Puniscimi se vuoi, ma io... io non sarò una troia. Preferisco andare in prigione sulla Terra."

Dalla mia posizione potevo vedere le gambe

dell'uomo, ma nient'altro. Tark mi venne accanto, si inginocchiò e mi sposto i lunghi capelli dal viso. "Non conosco questa parola, ma capisco il senso. No, *gara*, tu sei mia. Solo mia, Nessuno, e intendo *nessuno*, ti scoperà né ti toccherà eccetto me."

Il suo tocco era straordinariamente delicato sulla mia pelle. "Ma Goran..."

"Deve assistere e registrarci per i supervisori del Programma Spose. Questo è tutto. Usano le registrazioni delle reazioni neurologiche per valutare altri compagni e spose da collocare. È un protocollo standard."

Mi rabbuiai, ma non disse altro e si alzò in piedi.

Mentre la mia mente cercava di adattarsi a questa nuova informazione, Tark girò dietro di me e si fermò in un punto in cui potevo vedere le gambe di entrambi gli uomini. Sentii il suono di una cintura e poi di pantaloni che venivano slacciati, subito prima che le sue dita ricominciassero a sondarmi nel profondo. La vista degli stivali di Goran appena due passi dietro di lui mi mandò su tutte le furie. Questo non mi sarebbe mai successo sulla Terra. Mai.

"Assistere al protocollo standard? Stare piegata a novanta gradi e venire scopata così!" Urlai. Lottai contro i legacci, ma questi non cedevano. Sarei stata sculacciata di nuovo per questo scatto, dal momento che era decisamente un'impertinenza, ma non mi importava. "È una cosa standard forarmi i capezzoli senza il mio permesso? E se non mi piacesse la catena? E se non volessi essere adornata?"

Come pensavo mi schiaffeggiò di nuovo. Il dolore pungente – non si era trattenuto questa volta – mi fece gridare forte.

La sua voce e la posizione in cui mi trovavo accesero un ricordo offuscato nella mia mente. Ma quando dal tavolo partì una vibrazione proprio sotto il mio clitoride me ne ricordai. Lo avevo sognato, avevo sognato di venire presa in questo modo. Perché? Come potevo aver visto questa scena se ero sulla Terra? Cosa mi avevano fatto al centro di smistamento? Nel sogno mi piacevano due uomini che mi parlavano, mi toccavano e mi scopavano. Ma era stato un sogno.

Non un sogno. La *registrazione di un'esperienza di un'altra donna.*

Quindi il sogno fatto al centro di smistamento non era affatto un sogno? Avevo rivissuto gli stimoli e le risposte corporee di qualche anonima donna terrestre che veniva posseduta dal suo compagno?

Qualche altro guerriero avrebbe rivissuto la stessa cosa con gli occhi di Tark e deciso che voleva davvero una ragazza terrestre?

Porca puttana.

Eppure, il centro di smistamento era una cosa. Ma adesso era sveglia, e *non* era affatto la stessa cosa.

Dimenticai ogni cosa quando sentii le sue dita scivolarmi dentro e fuori dalla fica. "Ecco, *gara,* questo stimolatore premuto contro il tuo clitoride dovrebbe rilassarti i nervi. Ricorda, ti darò esattamente ciò di cui hai bisogno."

"E di cosa avrei bisogno ora, a parte scendere da questo stupido tavolo?"

Rise, ma non smise di muovere le dita. "Hai bisogno di venire. Sei bagnatissima."

Scossi la testa. "Non voglio farlo con Goran che guarda. Siete dei pervertiti," sentenziai, stringendo i denti per quel tocco gentile eppure così deliberato.

Tark rise. "Visto che siamo stati abbinati, Evelyn Day, devi essere una pervertita anche tu."

Io? Essere così? Volere tutto ciò? Si sbagliava. "Stronzo," mormorai.

"Continuerai a permetterle di parlarti in tale maniera?" chiese Goran con voce sorpresa. Perché nessuno discuteva con lui?

"Si può vedere dal colore del suo bellissimo culo che è già stata punita per la sua impertinenza con Bron. È sveglia e si trova su Trion da non più di venti minuti. Mi sto godendo il suo calore e la visione delle mie impronte sul suo culo. Ora sta reagendo senza paura dello sconosciuto. Anche se è eccitata, la sua mente continua a combattere. È una donna onorevole, non scopa un uomo qualunque solo per placare i suoi desideri. Per questo, e solo per questo, glielo permetto. A parte questo, presto farò festa con i suoi ricchi fianchi e la sua morbida pelle." Mi accarezzò con una mano lambendo il lato del mio seno, prima di afferrarmi per la vita. "Il mio cazzo è duro per lei e scoparla sarà un immenso piacere. Evelyn Day, *gara*, ti *piacerà*. Scopare non è mai una punizione, ma una ricompensa. È mio dovere provvedere ai tuoi bisogni, adesso. Appartieni a me."

Passò le dita sulle piccole labbra e fece un cerchio attorno al clitoride. Mi stava ricompensando?

Trattenni il fiato per l'intenso piacere suscitato dal suo tocco delicato. "Allora... perché legarmi? Se sei così sicuro del tuo valore, allora lasciami andare."

La sua mano atterrò ancora sul mio sedere, e poi ancora.

"Forse sei così impertinente perché ti piace essere sculacciata. Mmm, l'eccitazione ti cola dalla fica mentre lo faccio. È una cosa da considerare."

"Cosa?" urlai, ma restando immobile. Pensava che mi *piacesse* venire punita? Che stessi discutendo con lui perché volevo che continuasse?

"Sono un estraneo per te, ma sono il tuo compagno. È difficile. Lo capisco." La sua mano accarezzò la pelle rovente che aveva colpito. Era strano, la dicotomia tra i suoi rozzi schiaffi e le carezze delicate che seguivano. Non era un uomo crudele. Questo già lo sapevo. "I legacci, la tua posizione, sono simboli del nostro stile di vita, del regalo che costituisci per me. La prima rivendicazione è un rituale che esiste da centinaia di anni. È questo il modo in cui devo possederti e marchiarti come mia con il mio seme. Ciò garantirà inoltre la nostra compatibilità; ad ogni modo, non ho bisogno di scoparti per sapere che sei fatta per me. La tua fica è bramosa e il desiderio che ho per te è quasi doloroso."

Si piegò su di me, mettendo la sua dura lunghezza a

contatto con me, in un modo molto intimo. Il suo petto
vigoroso coprì la mia schiena, ed io sentii il mio corpo
cedere alla sua forza, alla sua dominazione, mentre mi
sussurrava all'orecchio "Sei legata, dunque il tuo corpo sa
che comando io. Puoi lasciare andare la tua paura, Evelyn
Day. Sei impotente al mio controllo."

Mi allargò l'inguine facendo un cerchio attorno
all'ingresso mentre parlava. Urlai. Non potevo fare
niente. C'era qualcosa nel suo tocco, come se fosse
caricato elettricamente, combattere era inutile. Mi faceva
fremere la fica, mi infuocava la pelle, mi faceva ribollire il
sangue. Un dito scivolò dentro. Potei solo immaginare
come sarebbe stata la sensazione del suo enorme cazzo
che mi riempiva. Volevo vedere la punta delle sue dita
luccicanti del mio umore affondate nei miei fianchi,
l'immagine che dipingevamo con il suo corpo massiccio
che mi copriva e i fianchi in posizione per una scopata
profonda.

E Goran stava guardando tutto, guardava il cazzo di
Tark che spariva dentro di me. Gli occhi di entrambi gli
uomini erano su di me. *Lì.*

"Resisti se vuoi, ma ti farò venire." Tark si sollevò ed
io mi morsi le labbra per fermare il sospiro di sconforto
che si arrampicava su per la gola per via della perdita del
contatto.

Volevo continuare a lottare, a disprezzare quello che
stava facendo, perché dovevo essere una troia per venire
eccitata così spudoratamente da uno sconosciuto. Per
essere guardata. Piegata e legata. Gli spasmi della mia fica

erano impossibili da razionalizzare. Il leggero ronzio del vibratore sul mio clitoride provava che era sua intenzione darmi piacere. Sebbene Tark fosse incredibilmente abile, le sue parole mi avevano provocato un'eccitazione che mi aveva resa incredibilmente suscettibile alle sue avance.

Quando infilò un secondo dito, ormai non m'importava più davvero. Non era facile restare calma. Volevo muovere i fianchi, muovermi verso di lui, per far entrare le dita ancora più in fondo. Ma non potevo muovermi, non potevo fare altro che accettare quello che lui mi dava.

Non conoscevo quell'uomo, ero sveglia da poco, ma *volevo* un altro orgasmo. Questa volta da Tark stesso, non da una qualche strana sonda aliena.

"Sei mai stata scopata prima?"

Quando il suo dito strofinò su un punto dentro di me, non riuscì a pensare né a rispondere. Potei solo urlare. Quando estrasse il dito, lasciandomi vuota e insoddisfatta, gemetti. "*Non ti fermare.*"

"Allora rispondi alla mia domanda."

Spinsi sulla punta delle dita. "Qual... qual era la domanda?"

"Sei mai stata scopata prima?" ripeté. La sua voce era roca e tenebrosa.

"Sì."

Le sue dita scivolarono di nuovo dentro di me ed io gemetti ancora.

Sentii un fruscio di abiti, lo vidi avvicinarsi a me subito e, dopo che ebbe estratto le dita, sentii il suo cazzo colpire l'ingresso della mia fica. "Posso non essere stato il tuo primo, Evelyn Day, ma sarò l'ultimo."

Il suo cazzo era grande e, mentre lo spingeva in avanti, mi sentivo allargare e allungare attorno a lui. Non esitò un istante, non mi diede il tempo di sistemarmi, mi riempì completamente e basta.

Mugolai mentre il mio corpo veniva invaso. Posseduto. Una mano mi teneva un fianco e l'altra la spalla. Iniziò a muoversi. Dentro. Fuori. Forte. Veloce. Si muoveva ed io non potevo che mordermi le labbra, prendendo tutto quello che mi dava.

"Tu verrai, *gara*."

Scossi la testa e i capelli mi caddero davanti al viso. Ad ogni colpo possente immaginavo mia madre con le braccia incrociate e le sopracciglia corrugate che giudicavano. Era *così sbagliato*. "Io... io non posso."

Si sporse su di me, facendo pressione sulla mia schiena, e mi riempì con un colpo rapido e deciso. La pressione del suo corpo sul mio culo intorpidito si univa alle sensazioni che mi attraversavano il corpo.

"Sono io che comando."

Non ero mai stata presa così prima di allora. Il mio ultimo partner era stato attraente, ma non molto attento. Mi aveva lasciata insoddisfatta e poco interessata al sesso. Ma Tark? Non avevo idea di come potesse brandire il suo cazzo in un modo del genere, andando a strofinare su punti dentro di me che nemmeno sapevo esistessero. Le mie dita erano scivolose sui legacci. Strinsi i denti quando la catena tra i miei seni iniziò a oscillare ad ogni colpo.

Scossi ancora la testa, frustrata. Le lacrime mi riempivano gli occhi. Ero quasi disperata per il desiderio di venire. Tark era *così* bravo. Così duro. Così grande. "Io... non ce la faccio. Non vengo mai durante... Non so perché," mi lamentai.

Le lacrime mi scorrevano dalle tempie fino ai capelli.

Rimase fermo dentro di me, inclinando la testa per bisbigliarmi direttamente all'orecchio. "Non sei mai venuta con il cazzo di un uomo dentro di te?" Il suo respiro caldo mi soffiava sul collo.

Feci di no con la testa. "Non ce la faccio... soprattutto se c'è qualcun altro che guarda."

Percepii il suo rantolo, più che sentirlo, perché proveniva dal profondo del suo petto. "È compito mio, *gara*, darti piacere. Sei ovviamente in grado di provare soddisfazione, sei venuta splendidamente con la sonda medica."

"Sì, posso venire con un vibratore, ma non con un uomo," ammisi.

Tark continuava a restare dentro di me. "Credo di sapere cos'è un vibratore, è come la sonda, giusto? Come lo stimolatore che ti preme sul clitoride?"

Annuii e i miei capelli oscillarono avanti e indietro.

"Allora dovrò solo scoprire quello che ti fa. Per quanto riguarda Goran, ignoralo. Siamo solo noi due. Shh," disse piano. "Bene, *gara*, è tempo di scoprire cosa ti fa godere."

A quel punto sentii la vibrazione sul mio clitoride accelerare. La sezione del tavolo che si trovava proprio sotto il mio clitoride iniziò a stimolarmi sul serio. Me lo ricordavo dal mio sogno. Feci un profondo respiro per l'intenso piacere che la stimolazione aveva aggiunto. Non si trattava solo del piacere di Tark, ma anche del mio.

"Questa velocità di vibrazione ti piace di più. Stai stringendo il mio cazzo con la fica," ringhiò. "È un buon segno, no?"

"Sì!" urlai.

Un dito arrotondato accarezzò il punto in cui eravamo uniti, dopo di che Tark riprese a muoversi. La combinazione del cazzo che sfregava dentro e fuori di me e delle vibrazioni sul mio clitoride mi fecero tremare i fianchi. Volevo rimanere esattamente dov'ero, impalata dall'enorme cazzo del mio nuovo compagno.

"Che ne dici di questo?" Tark spinse un dito contro il mio buco di dietro ed io mi irrigidii, cercando di stringere le natiche nella speranza di tenere il dito fuori. Allo stesso tempo, piccoli impulsi di calore intenso e piacere mi attraversavano ad ogni tocco.

"Rilassati, *gara*. Lasciami entrare. Se lo farai riuscirai a venire. Te lo prometto."

Feci un profondo respiro e mi rilassai. Chiusi gli occhi mentre lui accarezzava la mia apertura vergine col dito ed iniziava a spingere verso l'interno, continuando a muovere i fianchi e scoparmi.

Le vibrazioni accelerarono, aumentando la stimolazione sul mio clitoride. Urlai quando il dito di Tark mi penetrò nel culo. Gridai come se tutto il mio corpo si fosse contratto, ogni nervo rivitalizzato e pulsante di piacere. In qualche modo, la combinazione erotica del cazzo di Tark, della stimolazione al clitoride e del suo dito che si muoveva lentamente nel culo mi faceva perdere la testa. Mi sentivo come persa tra le onde dell'oceano, sbattuta e colpita, e completamente fuori controllo. L'intensità del piacere era superiore a quanto avessi mai provato prima. Avere un cazzo che mi riempiva fino al limite si aggiungeva all'estasi orgasmica che mi attraversava le vene. Mi strinsi su di lui – attorno al suo cazzo e al suo dito nel mio sedere – come per spingerli ancora di più.

Sentii la presa di Tark sul mio fianco mentre aumentava il ritmo fino a dare un'ultima potente botta e rimanendo fermo dentro di me. Il suo cazzo si gonfiò, allargandomi ancora di più, fino a che non emise un gemito e il suo seme caldo mi riempì a fiotti.

I nostri respiri esausti riempivano la stanza e Tark rimase dentro di me mentre io riprendevo fiato. Sebbene all'inizio fosse stato simile al sogno del centro di smistamento, non era finito allo stesso modo. Non era stato lo stesso. Mi stavo lasciando alle spalle la mia vecchia vita e stavo forgiando la mia strada sul mio nuovo pianeta con il mio compagno.

"Siamo compatibili," disse Tark uscendo lentamente da me; lo sentii riallacciarsi i pantaloni.

Sospirai e lo fece anche lui, dopo di che sentii il suo seme caldo colare fuori di me. Mi girò intorno e, dopo aver sciolto i legacci, prese la mia mano e mi aiutò ad alzarmi. Mi appoggiai al tavolo cercando di ritrovare l'equilibrio. La mia pelle era scarlatta e il cuore mi

andava ancora all'impazzata. Mi sentivo troppo esausta
per cercare di coprirmi, non per via di un solo orgasmo,
ma di due, nel breve periodo in cui ero stata su Trion.

Guardai su, verso Tark. Anche la sua pelle era
arrossata e i suoi occhi erano più dolci, meno intensi.
Guardò il mio corpo nudo, strinse gli occhi e serrò la
mascella guardando il suo seme colarmi giù per le cosce.

"Dai al consiglio la buona notizia," disse Tark a Goran
da sopra una spalla.

Allungandosi afferrò la catena che mi penzolava tra i
seni e gli diede un leggerissimo strattone. Ciò bastò a
farmi muovere verso di lui e ad accendere la pulsazione
tra le mie cosce.

I suoi occhi fissavano i miei capezzoli tesi mentre
parlava a Goran. "Ma prima, coprila e portala all'harem."

"Cosa?" strillai. "Mi lascerai nuda con... *lui?*" Guardai
Goran spaventata.

"Ti terrà al sicuro," rispose Tark. "Devo partecipare a
una riunione del consiglio e tu devi andare all'harem."

Spalancai gli occhi per la sua indifferenza, poi li
assottigliai. Un harem? Quante compagne aveva questo
bastardo? Quale numero ero io? La due? La quattro? La
venti? "Mi hai scopato e adesso hai finito con me. Non
sono una sposa, sono un giocattolo sessuale." Lanciai uno
sguardo all'altro uomo. "Dopo tutto, mi sorprende che tu
non mi abbia fatto possedere da Goran."

Teneva ancora stretta la catena attaccata ai miei
capezzoli e se la arrotolò attorno al dito, forzandomi
ad avvicinarmi, altrimenti avrebbe tirato troppo sui

capezzoli. Inclinai ancora di più la testa per guardarlo negli occhi. Avevo esagerato con i miei commenti e avevo paura. Se era il mio compagno, non avrebbe dovuto proteggermi e tenermi al sicuro? Come avrebbe potuto farlo se ero solo una tra le sue dieci donne?

Ero sul quel pianeta da meno di un'ora e mi stava mandando via. Avrei voluto contattare il programma sposa e rifiutarlo subito, ma avrei dovuto aspettare il ciclo di trenta giorni prima di essere chiamata per testimoniare. E poi? Gli avrei fatto capire chiaro e tondo che non ero felice in un harem.

Si accigliò. "Non conosco questo termine, *giocattolo sessuale*, ma non mi piace. Né mi piace che tu dubiti del mio onore."

Mandai giù la profondità della sua voce, la rabbia velata che riuscii a sentire. Avrei voluto vedere l'espressione soddisfatta sul suo volto invece. Volevo tornare indietro a un momento prima, quando ero sazia e contemplavo un futuro da unica compagna amata e ben scopata di Tark.

"Io non mento. Ti ho detto che non condivido la mia compagna. Il mio seme ti sta scendendo giù per le cosce. La mia catena è ben visibile."

La *sua* catena? Era una loro versione di un anello nuziale al dito? Davvero quella catena annunciava al mondo che ero stata rivendicata? Esibiva la sua protezione? Cosa avrei dovuto fare? Andarmene in giro in topless?

"Stimosfere, Goran." Allungò la mano e Goran si spostò.

Indicò il mio corpo. "Il mio seme e la catena assicureranno che tutti sappiano che appartieni a me, ovunque tu sia in questa città di tende. Il tuo culo, sono sicuro, è intorpidito dalle mie dita che ti violavano per la prima volta in quel punto. Il tuo clitoride..." allungò le dita tra le mie gambe, "...è sodo e desideroso di un altro orgasmo. Un orgasmo che solo io posso darti, perché non ci saranno più altre sonde mediche o, come le chiami tu, vibratori. Il tuo culo è di un rosso acceso per via della mia punizione. Sembra che tutto ciò non ti basti a ricordare che sei mia."

Volevo divincolarmi dal suo tocco, ma non potevo senza fare seriamente male ai miei capezzoli.

Tark arrotolò ancora di più la catena attorno al suo dito. Alzò l'altra mano dal mio clitoride per prendere qualcosa dalla mano protesa di Goran. "Lasciaci per un momento."

Il suo ordine a Goran mi fece riprendere fiato. Cosa mi stava per fare?

Tark teneva delle sfere dorate, due sfere perfettamente rotonde collegate tra loro da una catenina e un'altra catena più lunga con attaccato all'estremità un dischetto dorato con un marchio.

"Ovviamente una sculacciata non ti basta per farti imparare a placare la tua irriverenza e tenere a freno la lingua. Dovrai portare queste stimosfere fino a che non sarò tornato da te. La catena deve essere sempre ben visibile, *gara*, così tutti sapranno che sono scontento."

Il mio cuore palpitò più in fretta delle ali di un colibrì e non potei fare altro che fissare lo sguardo. Portare in giro un paio di palle dorate? *Quella* era una punizione?

Con lo sguardo fissò sul mio e la presa salda sulla catena arrotolata che mi teneva ferma, abbassò la mano verso la mia fica bagnata ed inserì prima una sfera dorata e poi l'altra dentro di me. Quando spostò la mano, le sfere scivolarono oltre i miei muscoli interni e ritornarono sul suo palmo. Mantenne la mano lì senza muoverla, poi fissò il mio viso turbato. "Terrai queste dentro la tua fica, *gara*, fino a che non sarò tornato. Altrimenti verrai sculacciata di nuovo. Questa volta non mi tratterrò e non sarai in grado di sederti per una settimana."

Porca troia, era serio. E l'intera situazione mi faceva stringere la fica. Il suo seme scivolava fuori da me, ma non le sfere. E subito, lo bramavo di nuovo.

Tark sorrise per la mia umidità e per il seme che gli ricopriva la mano. Si abbassò con la testa per baciarmi sul collo e infilò di nuovo le sfere nella mia fica, mentre con la lingua tracciava linee di fuoco sulla mia clavicola. Sollevò la testa e rimosse entrambe le mani dal mio corpo.

Quando mi lasciò andare, la catena più lunga ricadde oscillando tra le mie cosce. La catena era pesante, ma ogni oscillazione mandava una piccola scossa elettrica al mio clitoride.

Sussultai e mi strinsi attorno ai pesanti oggetti metallici.

"Le sfere ti manterranno eccitata, *gara*, ma la neuroprogrammazione non ti permetterà di venire. Farti venire è compito mio e soltanto mio." Passò con le dita sulla curva della mia guancia e mi fissò negli occhi. "Se le rimuovi, lo saprò. Le stimosfere sono collegate al mio sistema di monitoraggio." Indicò un dispositivo allacciato al suo avambraccio.

"Una volta che Goran avrà caricato i dati della tua rivendicazione, tutti nella coalizione interstellare sapranno che hai accettato il volere dell'alto consigliere, sapranno che appartieni a me. Con questo," disse indicando il disco dorato che pendeva tra le mie cosce, "forse ti ricorderai la stessa cosa e terrai a freno la lingua."

Mi sollevò da terra per un momento per assicurarsi che il disco stesse oscillando. Esalai un sospiro alla sensazione stimolante dentro la mia fica e strinsi ancora più forte. Mentre lo guardavo uscire dalla tenda, un misto di disagio e desiderio mi facevano rabbrividire ad ogni oscillazione a mo' di pendolo della catena dorata. Ero stata castigata duramente, ero nuda, ero stata scopata e mi stavo già eccitando di nuovo.

4

_L_'immagine a pixel ricevuta con le informazioni sul profilo di Evelyn Day era una pessima presentazione della bellezza sconvolgente che mi ero appena scopato. Nell'immagine, la fredda illuminazione aveva conferito una tonalità violacea alla sua pelle e i suoi capelli – di un rosso ardente – apparivano opachi e scuri. La morbidezza delle ciocche non traspariva. Si arricciavano selvaggiamente, erano soffici e luminosi e del colore di una luna rossa. Nell'immagine, i suoi occhi sembravano spalancati per quella che avevo pensato fosse paura e la sua bocca serrata in una linea appiattita. La donna animata e focosa che era giunta alla remota stazione di trasporto non c'entrava nulla con l'immagine del suo profilo ufficiale, e ciò mi fece immensamente piacere.

Appena sveglia incontrò i miei occhi per primi. I _miei_. Bron era stato un _fark_, smanioso di metterle le mani addosso sotto le mentite spoglie della medicina. Aveva persino avuto un'erezione per la mia compagna. Il suo lavoro presso di me era finito e non si sarebbe mai più avvicinato a Evelyn Day. Quel *fark* immorale sarebbe stato fortunato se avesse ottenuto un posto in qualche stazione di teletrasporto per lo spazio profondo.

Non riuscivo a credere che Evelyn Day fosse stata selezionata tra miliardi di possibili compagne per essere la mia sola ed unica. Ero riuscito appena ad aspettare che finisse l'esaminazione – *fark*, quella prassi aveva solo accresciuto il mio desiderio – per vedere il mio seme ricoprire le sue cosce bianche. Forse il mio fervore era troppo libidinoso, ma la stavo aspettando da così tanto tempo.

Ma ora temevo che la lunga attesa mi avesse reso non solo smanioso, ma anche troppo gentile. La mia compagna era una criminale condannata per omicidio. Persino Goran aveva messo in dubbio le mie azioni vedendo come mi ero comportato con lei. La mia compagna era un'assassina. Ma guardandola negli occhi, osservando attentamente ogni sua pulsazione, ogni suo respiro e assaporando la risposta al mio tocco sul suo corpo attraente, non potevo che pensare ad un unico fatto.

Evelyn Day. Ventotto anni. Condannata per omicidio.

Il Programma Spose Interstellari aveva inviato il suo nome, l'età, quelle tre parole e un'immagine computerizzata. Nient'altro.

Chi aveva ucciso, e perché? Ero un guerriero e sapevo

cosa volesse dire prendere una vita. Lo avevo fatto molte volte. Alcuni uomini meritavano di morire, ma altri eseguivano semplicemente ordini o combattevano per la parte sbagliata. Alcuni combattevano per difendere le proprie case e le proprie compagne. Altri ancora godevano del sapore della vita e della morte sulle loro lingue.

Evelyn Day non aveva gli occhi di una donna a cui piacesse uccidere. Era tenera e calda. Darsi a me le aveva fatto infuocare la fica tanto da scaldare anche il mio cazzo. Un'agonia così dolce.

Assassina o no, non avrebbe potuto farmi del male in alcun modo. Mi veniva quasi da ridere fragorosamente all'idea. Non conoscevo gli uomini della Terra, ma lei era troppo piccola per essere un pericolo per me; la sua testa mi arrivava solo fino alle spalle. Era vivace e irrispettosa, ma non potevo avercela con lei per le sue azioni. Era appena stata bandita dal suo pianeta ed ora era la compagna di uno sconosciuto. Ciò non significava che il suo comportamento fosse passato inosservato. Aveva avuto bisogno di una sculacciata per imparare subito che il suo comportamento insolente non sarebbe stato tollerato. Dopo averla gettata sul mio grembo e averla schiaffeggiata a dovere, anche se più piano di quanto avrei dovuto, sapeva chi era al comando e chi avrebbe dovuto sottomettersi.

Vedere i globi pallidi del suo culo cambiare colore da bianco panna a un rosso infuocato mi aveva fatto venire un cazzo di pietra. Guardare la sua carne tremare ad ogni percossa e l'impronta della mia mano che si formava... *fark*. Non ero stato il solo a provare piacere. Si era certamente lamentata, ma ne era stata troppo eccitata. Il test aveva rilevato la corrispondenza tra il suo bisogno di sottomissione e il mio bisogno di controllo. Sarebbe stata solo questione di tempo prima di capirlo e arrendersi.

Fino ad allora... sarebbe stato piacevole vederla lottare, per poi alla fine cedere a me. Con un ghigno soddisfatto controllai i miei monitor e regolai al minimo di due ore le stimosfere che le avevo lasciato dentro la fica. Avevo previsto di terminare la riunione nella metà del tempo e volevo che la sua fica fremesse e bramasse per averne ancora. Non vedevo l'ora di portarla a casa, al sicuro, dove avrei potuto farla stendere e assaggiarla, prendendomi il tempo per esplorare ogni centimetro della sua pelle lattea. Era una settimana che non andavo all'Avamposto Nove, ma ero già pronto per tornare a palazzo. Ora più che mai.

Non avevo lasciato ad Evelyn Day il tempo di abituarsi e acclimatarsi né a me né all'Avamposto Nove perché non ce n'era stato il tempo. Non era solo il mio cazzo a dettare le mie azioni, ma anche i costumi di Trion. Avevo dovuto scoparla immediatamente. Se non lo avessi fatto, chiunque altro avrebbe potuto rivendicarla. La sua bellezza non sarebbe passata inosservata qui. Le donne erano rare e preziose, molto apprezzate. In tanti avrebbero combattuto per poterla rivendicare, e avrebbe potuto essere ferita o presa da un maschio completamente indegno. Per Evelyn Day, *io* ero l'unico uomo degno nell'universo. Emisi un ringhio di possessività all'idea.

Indossava i miei ornamenti, la catena che amplificava la bellezza dei suoi seni generosi e diceva che era mia. Con il marchio del mio seme sulla sua fica e sulle sue cosce, non ci sarebbe stato alcun dubbio. La sua sicurezza era la mia priorità numero uno. Il suo arrivo era stato uno shock, il tempismo pessimo, ma non avevo intenzione di lamentarmene. L'abbinamento avvenuto mentre ero in riunione per l'alto consiglio all'Avamposto Nove, e non a palazzo, avrebbe potuto essere un inconveniente per entrambi, ma mi sarei adattato. Tenerla al sicuro avrebbe potuto rivelarsi difficile, ma ce l'avrei fatta.

Non riuscivo a dispiacermi del fatto che Evelyn Day avesse ricevuto la sua prima scopata sopra un tavolo cerimoniale in una tenda provvisoria e non nelle camere del mio palazzo, dove non avrebbe dovuto lasciare il mio letto. Invece di conoscere le sue delizie ed iniziare la sua preparazione a modo mio, avevo dovuto mandarla all'harem per essere sicuro che fosse protetta. E quella cautela era ben fondata.

Una volta che gli altri uomini l'avessero vista, l'avrebbero voluta per sé. I suoi capelli rosso chiaro erano del colore più insolito, raramente visto su Trion. Il suo corpo era seducente e possedeva le curve più attraenti. Tanta passione tutta insieme in un essere così piccolo, morbido e deliziosamente formoso. Spinsi il pulsante che apriva l'unità di lavaggio con più forza del necessario, al pensiero dei suoi seni rigogliosi che ondeggiavano ad ogni movimento del corpo.

La porta dell'unità si aprì ed entrai, lasciando che l'acqua spruzzasse su tutto il mio corpo. Con gli occhi chiusi, pensai alla sua pancia rotonda, a quel corpo dolcemente sinuoso che presto avrebbe cresciuto mio figlio. Fianchi larghi e lussureggianti da tenere mentre la scopavo.

L'acqua si fermò e cominciò il ciclo di asciugatura.

Ero lieto che fosse già stata violata, così non avrei avuto la preoccupazione di farle del male. Ma era stato un piacere – e una sorpresa – scoprire che le pareti della sua fica non avevano mai pulsato attorno al cazzo gonfio di un altro uomo, che nessun altro era riuscito a darle un piacere simile. Quelli con cui era stata sulla Terra non dovevano essere dei veri uomini se non erano in grado di far sì che una donna della bellezza di Evelyn Day si avviluppasse così intorno al loro cazzo. L'obiettivo definitivo della mia vita sarebbe stato darle piacere più spesso possibile.

Non sapevo se ringraziare gli dei o la scienza per l'abbinamento perfetto. In ogni caso, non avevo alcun dubbio che Evelyn Day fosse fatta per me. Comunque, lei aveva tempo per decidere. Per cui avrei dovuto stare attento a creare un equilibrio perfetto tra il darle piacere e il domare la sua sconsideratezza e il suo comportamento potenzialmente pericoloso. Il pensiero di lei che sceglieva un altro, che lasciava che un altro la toccasse, la scopasse, la proteggesse e la adorasse mi faceva torcere le budella.

Mi vestii rapidamente e mi incamminai verso la tenda per la riunione del consiglio generale. Misi da parte la rabbia e la frustrazione per tutte le possibili implicazioni politiche comportate dalla mia nuova compagna e continuai ad assaporare l'insistente sensazione di soddisfazione che avevo trovato nel suo corpo. Molti nel consiglio non facevano segreto del fatto di voler assumere il mio ruolo e strapparmi il mantello del potere che avevo sulle spalle. L'idea che qualcuno di loro potesse cercare di usare Evelyn Day per organizzare un colpo di stato mi fece serrare le mani in un pugno.

Forse il mio umore – arrabbiato e scontroso – andava meglio di quello di un amante soddisfatto per questa riunione del consiglio generale. Per il momento, sapevo che la mia compagna si trovava in un harem e che lei, assieme alle altre donne, era al sicuro. Solo quando saremmo tornati a palazzo e fosse stata protetta non solo dalle spesse mura, ma dal mio contingente di fedeli guardie al completo, avrei potuto tornare a respirare con serenità. Non potevo nemmeno permetterle di dormire con me, come avrei voluto, per la paura di essere attaccato durante la notte da chi desiderava prendere il mio posto.

"Lei è al sicuro," disse Goran avvicinandosi, i suoi passi attutiti dalla sabbia. Mi voltai verso il mio comandante in seconda e annuii. Con la consapevolezza che Evelyn Day si trovava sotto gli occhi di guardie ben addestrate potei concentrarmi sugli affari in corso. Aprii la tenda e mi abbassai per entrare. Il consiglio generale chinò la testa in segno di rispetto per il mio rango di alto consigliere.

"Sedetevi," dissi, avanzando verso la pedana sopraelevata e sedendomi su un cuscino, come gli altri avevano fatto prima di me.

"Abbiamo sentito che è giunta la vostra compagna." Il consigliere Roark fece un sorrisetto verso di me ed io feci di sì con la testa. Era giovane e non aveva ancora una compagna. In qualità di consigliere del continente meridionale era il mio alleato più vicino all'interno del gruppo, ma anche il più virile degli uomini. Evelyn Day lo avrebbe tentato enormemente.

"Sì, ed è stata rivendicata." Alzai il mento verso Goran che aveva fatto un passo in avanti dal suo posto, stando in piedi sul perimetro del cerchio.

"La compagna dell'Alto Consigliere Tark è giunta. Ha passato le esaminazioni mediche ed è stata rivendicata secondo i nostri protocolli. Tutti i dati sono già stati inviati al Programma Spose Interstellari." Espose i fatti con una voce che non lasciava spazio a discussioni o dissensi ed io gliene fui grato. Goran era leale. Un brav'uomo, e anche lui in attesa dell'arrivo della sua compagna. Avrebbe combattuto accanto a me, sarebbe persino morto per tenere Evelyn Day al sicuro.

"Molto bene. Grazie, Generale Goran." Il consigliere Roark annuì solennemente e capii che aveva agito nei miei interessi, assicurandosi che lo status della mia compagna fosse chiaro a tutti i presenti. Feci un cenno di ringraziamento con la testa verso di lui.

"Una criminale? Un'assassina? È questo il tipo di femmina a cui vi aspettate che obbediamo? Che rispettiamo al di sopra delle altre?" Il consigliere Bertok era un vecchio uomo amareggiato che aveva già perduto due compagne. Aveva novant'anni compiuti, e il suo sguardo azzurro chiaro non mancava mai di essere freddo e senza emozioni. "Potremmo essere tutti uccisi nel sonno. Una donna massiccia delle lande selvagge sarebbe una compagna migliore di una condannata di un altro pianeta."

"Ho accettato la mia compagna. L'ho rivendicata. Non ci saranno altre discussioni." Avrei voluto trasformare quel vecchio in una poltiglia a mani nude, sentire il suo sangue caldo schizzarmi sulla pelle. "Nessuno minaccia la mia compagna e vive." Lanciai un'occhiata a ciascun uomo seduto in cerchio per assicurarmi che capissero la sincerità delle mie parole.

"Comprensibile, Alto Consigliere. Forse potresti picchiarla in pubblico. Devi mostrare la tua forza e far sapere alla tua compagna chi ha il comando." Ignorai il consigliere alla mia sinistra e il suo suggerimento smanioso. Nessuno avrebbe visto il dolore di Evelyn eccetto me, e anche in quel caso sarebbe stato legato al suo piacere.

Osservai l'uomo attentamente. Non intendeva mancare di rispetto e non stava minacciando Evelyn Day direttamente; in alcune parti del pianeta, un pestaggio pubblico era il modo in cui un uomo mostrava la sua superiorità rispetto alla sua donna. L'idea era barbara e stavo cercando di mettere la pratica fuorilegge.

"Quando avverrà la rivendicazione pubblica?" Un'altra voce, questa volta dal lato opposto del cerchio.

I commenti e le opinioni continuarono... e aumentarono a dismisura. Raggiunsero un volume e un'intensità che erano troppo per me. Alzai la mano e calò il silenzio. In quanto sovrano, trovavo importante ascoltare le opinioni e i pensieri dei consiglieri. Non avrei mai voluto che i miei sottoposti pensassero di non avere voce in capitolo. Prima di oggi, le loro voci erano servite per affari planetari. Sebbene fossi l'Alto Consigliere, la mia vita personale e la mia compagna non erano oggetto di discussione.

"Come da costume, e come ha già detto il mio secondo in comando, lei ha già ricevuto la sua prima scopata." Girai la testa verso Goran, che si era seduto a lato, e fece un altro segno di assenso con la testa. "L'atto è stato testimoniato, registrato e comunicato." La mia mano si strinse in un pugno, e desiderai che stesse stringendo una lama. Nessuno di questi uomini avrebbe visto il piacere personale della mia compagna. Non l'avrei condiviso. Mai.

"Avremmo dovuto essere tutti presenti." Il consigliere Bertok parlò di nuovo. Proveniva dalla regione esterna, le lande selvagge che aveva menzionato, e sapevo che le loro usanze riguardo le proprie compagne riguardavano più la forza bruta che la mite persuasione. Sebbene sapessi che la prima scopata dovesse avere dei testimoni, non mi piaceva l'idea di dare a questi pomposi *fark* uno spettacolo sessuale a spese della mia compagna. La mia vita da leader era sotto uno scrutinio costante, ma ci sarebbe stato un aspetto che sarebbe sempre rimasto privato. Una volta tornato a palazzo, gli affari tra me e la mia compagna sarebbero stati solo nostri. Nemmeno Goran avrebbe presenziato. L'avrei addestrata secondo le mie aspettative personali, non quelle dell'intero consiglio.

Non risposi al commento, ma dissi "L'ho rivendicata. È stata marchiata dal mio seme e porta la mia catena. Non ci saranno ulteriori discussioni." Torsi le dita, invitando Goran a unirsi a me. "Guardando l'ordine del giorno di questa sessione, possiamo cominciare dai profitti economici del settore quattro."

Volsi la mia attenzione al motivo di questa riunione. Continuare a parlare della mia compagna non faceva che prolungare il tempo in cui sarei stato lontano da lei. La sua vita sulla Terra – o ciò che aveva fatto per essere bandita – non mi interessava. Ora era qui con *me* e non l'avrei lasciata andare.

———

"GUARDATE la catena che le penzola tra le gambe. Lei non lo ha soddisfatto." La voce acuta della donna mi fece girare, facendo sì che la catena colpisse la mia coscia. Sospirai e raccolsi la catena, tenendola in modo che smettesse di stimolare le pareti della mia fica. Non funzionò. Erano solo pochi minuti che portavo le sfere nel mio corpo ed ero pronta a piagnucolare pregando Tark affinché mi desse sollievo da quel piacere costante. Era una vibrazione leggera, abbastanza costante da ricordarmi del suo controllo su di me – e sui miei orgasmi – ma non abbastanza da farmi raggiungere quel dolce sollievo.

Vibravano e pulsavano in maniera simile alla sonda medica, ma in un modo molto più tenue. Per trattenerle dentro di me dovevo stringere le pareti interne, cosa che non faceva che aumentare quella deliziosa tortura.

Davanti a me c'erano diverse donne. Tutte indossavano lo stesso semplice indumento che sembrava una sottoveste trasparente. Attraverso il materiale sottile potevo vedere il profilo degli anelli ai loro capezzoli, ma non mi sembrava che portassero una catena tra di essi, come invece facevo io.

La donna che aveva parlato era di bell'aspetto, eccetto per un ghigno sulle labbra. I suoi capelli scuri e lunghi fluivano sulla schiena. Era alta e slanciata, con seni piccoli e una vita sottile. Era tutto quello che non ero io.

La pelle del fondoschiena mi faceva ancora male e mi domandai se potessero vedere i marchi lasciati dal tocco di Tark attraverso la sottoveste che mi aveva fatto indossare Goran. La mia carnagione era abbastanza pallida da non poter nascondere nemmeno un semplice rossore. Un fondoschiena rosso sarebbe stato lampante.

Mi scrutavano intensamente, osservandomi come se venissi da un altro pianeta –ed era vero.

"Io sono Kiri," disse una delle donne facendo un passo avanti. Era più bassa di quella irritante e, sebbene la curiosità le illuminasse il volto, non c'era malizia in lei. Girando la testa aggiunse "Le altre sono Lin, Vara, Ria e Mara."

Non sapevo chi fosse chi, per cui annuii a tutte loro.

"Stavamo lavorando quando sei arrivata. Prego, unisciti a noi."

L'ambiente era simile a quello in cui ero stata con Tark, con un tappeto a coprire il pavimento. Luci simili illuminavano la stanza di un giallo tenue. L'aria era calda e gonfia di odore di mandorle. Riconobbi l'aroma del mio sogno al centro di smistamento.

Si girò assieme alle altre e si sistemò ad un tavolo dove sembravano intagliare piccoli pezzi di legno. C'erano diverse sedie dall'aspetto comodo, un basso tavolino da caffè – Dio, avevano il caffè? - e un altro tavolo addossato a un muro, pieno di vassoi di cibo e brocche con liquidi di vari colori. Associavo un harem a una specie di prigione, e dopotutto c'erano delle guardie all'esterno, ma l'arredamento era identico a quello della tenda di Tark.

Le donne si concentrarono sui loro compiti, eccetto per quella bella e magra. Mi fissava come se fossi stata portata lì assieme all'immondizia.

"Ti rifiuterà" scattò.

"Mara, lasciala stare" disse Kiri.

Mara distolse lo sguardo alle parole dell'altra donna, ma riuscii a vedere il disgusto e l'invidia sul suo volto. "Ho sentito che solo le condannate vengono inviate dalla Terra. Qual è il tuo crimine?"

Mara non era mia amica, questo era ovvio. Forse un pizzico di paura sarebbe servito, per cui le dissi la verità "Omicidio."

Le altre donne interruppero il loro lavoro e una sibilò dolorante "Ah, mi sono tagliata un dito."

Si teneva la mano ferita con l'altra mentre le donne la circondavano per aiutarla.

"Posso aiutare." Cercai di passare oltre Mara, con la mia formazione medica che guidava il mio corpo senza farmi riflettere.

Mara mi diede una spinta sulla spalla. "Aiutare? Uccidendo anche lei?"

Mi fermai e vidi che un piccolo dispositivo veniva passato sulla ferita della donna. Emise un bagliore blu e, dopo pochi istanti, la ferita smise di sanguinare e guarì davanti ai miei occhi.

Essendo un dottore sulla Terra, mi sembrò che i progressi medici su Trion fossero di gran lunga più avanzati. La mia mente scientifica lo trovava affascinante. "È incredibile. È guarita completamente?"

La donna pulì il sangue sull'altra mano con un panno umido offertole da una delle altre e poi mi mostrò il dito guarito. Sorrise e annuì. C'era così tanto da imparare ed ero impaziente di esaminare lo strumento di guarigione.

Mara mi prese per il braccio e mi portò – non troppo

gentilmente – dall'altro lato della tenda in modo che nessuna delle altre donne potesse sentire le sue parole maligne. "Ha scopato tutte noi, sai?"

Mi rabbuiai e lei sorrise continuando.

"Non lo sapevi? Mmm. Tark si scopa tutte le donne. Non sei niente di speciale per lui. Può chiamare una qualunque di noi per soddisfarlo, tutte le volte che vuole. La scelta è sua."

Mi guardò dall'alto in basso guardando con sdegno il mio corpo paffuto.

"Allora perché sono stata mandata qui e abbinata a lui?" Chiesi alzando il mento. Non avrei lasciato che vedesse che mi aveva turbato. L'idea di Tark con Mara, o con una delle altre donne – no, *tutte le altre donne* – mi faceva contorcere lo stomaco.

"Perché ha bisogno di un erede. Guardati. Ben nutrita, fianchi larghi, seni penduli. Sei nata per procreare. Io..." si ravviò i capelli, "...sono nata per farmi desiderare."

La tenda si aprì e una delle guardie infilò dentro la testa guardando in giro. "Mara, vieni. Ti vuole adesso."

Mi si spalancò la bocca e i suoi occhi si accesero tronfi. Tirò all'indietro le spalle e si strizzò i capezzoli attraverso la sottoveste finché non furono ben turgidi e appuntiti, con gli anelli chiaramente visibili. "Vedi?" disse lanciando un'occhiata alle sue spalle e poi se ne andò, con la tenda che si richiudeva svolazzando dietro di lei. Rimasi ferma a guardarla, sentendomi svuotata, con due sfere nella fica e tenendone la catena in mano come un cane che tiene il suo stesso guinzaglio. Persino le vibrazioni che emettevano ormai non facevano più niente per me.

Ero lontana dal mio pianeta da una o due ore, forse, ma ero stata scopata e trovata vogliosa dal mio compagno. Mara aveva detto che Tark era interessato a me solo per procreare – perché altro mai avrebbe dovuto volere una cicciottella come me? – e aveva cercato lei per saziare la sua insaziabile libidine pochi minuti dopo aver guardato il suo seme scorrere lungo le mie cosce. Ero solo una tra tante nell'harem. Non ero desiderabile, ero solo la ragazza paffuta che avrebbe potuto dare alla luce bambini.

Eccomi, quindi, destinata ad essere nient'altro che una macchina per fare figli, per sempre trattata come una criminale? Un'assassina? Non ero granché sulla Terra, ma persino lì ero qualcosa di più di questo. Un innocente medico senza una vita amorosa? Sì. Ma curavo la gente, non la uccidevo.

Ora, qui su questo pianeta sabbioso, non ero altro che una fabbrica di bambini. Un macchinario biologico. Ma io, la donna? La guaritrice? *Io* non valevo niente.

"Dove dormo?" chiesi a Kiri. Riuscivo a percepire l'abbattimento nella mia voce. Alzò la testa e mi fece un sorriso cordiale.

"Laggiù." Indicò un'apertura nella tenda che prima non avevo notato. Chinandomi per entrarci scoprii una seconda tenda collegata alla prima.

All'interno c'erano pile di soffici lenzuola in tessuto e

pellicce su piattaforme rialzate simili a letti. C'era un altro tavolo coperto di cesti di pane, frutta e un'ampolla piena di un liquido trasparente che supposi essere acqua. Uno sguardo al cibo e il mio stomaco si rivoltò.

Trovai un piccolo spazio con delle lenzuola piegate che sembrava non appartenere a nessuno. Mi ci arrampicai, mi coprii con le morbide coperte, spostai il mio nuovo guinzaglio nel tentativo di far cessare la stimolazione e mi girai di lato con il volto verso la parete.

Mi mossi cautamente, con la paura di fare impigliare l'altra catena e tirarmi i capezzoli, ma una volta sistematami, ritrovai la percezione delle altre parti del corpo. Ero umida tra le gambe. Era stato troppo grande, lo sapevo. Troppo grande per il mio corpo appena utilizzato ed ora riempito di palle metalliche che lui chiamava stimosfere. Poi c'era il mio sedere. Mi faceva male, perché niente lo aveva mai penetrato, nemmeno la punta di un dito. Il fondoschiena pizzicava per la punizione, con un calore pulsante che speravo sarebbe svanito presto. Il mio corpo era ancora morbido e arrendevole per gli orgasmi che Tark mi aveva estorto. Il fatto di aver reagito così prontamente non faceva che amplificare la mia tristezza.

Come poteva un uomo darmi quel piacere sconvolgente e poi quel dispiacere straziante? Aveva chiamato Mara dopo avermi spedita all'harem. Un harem! Dio, ero solo una tra tante per quell'uomo. Aveva detto che ero la sua compagna, che appartenevo a lui, ma lui non apparteneva a me. Era così che funzionava qui?

Come poteva una valutazione psicologica avermi identificata come il tipo di donna che sarebbe stata felice di essere una tra le tante donne nel letto di un uomo single? Ci doveva essere stato un errore.

Non che importasse. Dovevo continuare a pensare a me stessa. Sarei stata costretta a sopportare così tante cose nelle settimane a venire, ma dovevo anche ricordarmi che una volta iniziato il processo sarei stata trasportata indietro per testimoniare e avrei riavuto la mia vita sulla Terra. Tark sarebbe stato dall'altra parte della galassia. Mara, quella stronza, sarebbe stata dall'altra parte della galassia. Avrei solo dovuto sopravvivere nel frattempo. Il procuratore aveva detto che il processo avrebbe avuto luogo di lì a tre mesi, ma la data non era stata fissata.

Almeno non avrei potuto rimanere incinta prima del verdetto. Grazie a Dio. Cosa sarebbe successo se fossi rimasta incinta prima di tornare a casa? Cosa avrei fatto con il figlio di Tark che mi cresceva in grembo sulla Terra? Per fortuna, essendo nel programma di protezione testimoni, avevo un impianto che impediva le gravidanze. Un giorno lo avrebbero rimosso. Ma non qui. Non ora. Non ero una macchina per fare figli.

Tremavo tra le coperte. Sarei stata intrappolata lì per settimane. Forse tre mesi. Nel frattempo, cosa mi sarebbe successo? Ero stufa, esausta, e le sfere dentro di me continuavano a pulsare. Allungai la mano tra le gambe per strofinarmi il clitoride. Aveva detto che le sfere mi avrebbero eccitato, ma non abbastanza da farmi venire.

All'improvviso frustrata per la mia situazione, mi venne voglia di testare le sue parole, per scoprire se ciò che aveva detto sul dispositivo fosse vero. Inoltre, volevo del sollievo dalla sensazione tra le mie cosce, volevo affondare nel piacere irrazionale per tutta la durata di un orgasmo. Mi presi il clitoride tra le dita. Ero umida e scivolosa. Il seme di Tark era stato abbondante.

Premendo i talloni sul letto, mi misi a muovere i fianchi. Sapevo come farmi venire, lo aveva fatto abbastanza spesso. Questa volta però, mi misi a pensare a Tark, vidi il suo volto nella mia mente, feci finta che le sfere che vibravano dentro di me fossero il suo cazzo. Mi lavorai il clitoride per diversi minuti prima di riprendere fiato e lasciarmi ricadere, con le sfere che continuavano a vibrare. Come aveva promesso Tark, le sfere erano programmate per evitare che raggiungessi l'orgasmo. Ero sudata e appiccicosa, eccitata e completamente insoddisfatta.

Sfortunatamente, lo stress aggiunto dal mio bisogno non aiutava la mia stanchezza. Sicuramente lo struggimento al mio petto era causato dal trasferimento e non dal senso di tradimento che provavo. Non mi importava dell'uomo che mi aveva rivendicata. Scopata. Usata e abbandonata con queste donne ciarliere. L'unica punizione costituita dalle sfere dorate era l'umiliazione davanti a Mara, ed ora, uno struggimento doloroso e profondo al cuore, uno struggimento che doveva essere soddisfatto. Uno struggimento che mi ricordava che non ero nient'altro che una macchina che Tark aveva deciso di usare per produrre eredi. E Mara? La vile donna che probabilmente in quel momento stava venendo sul cazzo di Tark, a gambe aperte e legata al tavolino, chiamandolo padrone mentre lui la prendeva da dietro.

L'immagine faceva male e non avrebbe dovuto. Tark non era niente per me. Lo conoscevo da un paio d'ore. Dovevo essere razionale. Logica. Provai a distrarmi concentrandomi su casa mia. Sulle passeggiate nel parco. Il caffè e il cioccolato. Il mio caldo letto nel mio comodo e bell'appartamento.

Presto sarei stata a casa. Dovevo solo sopravvivere fino ad allora e ricordare che Tark non sarebbe stato mio. Non sul serio. Non per sempre.

Mara era una troia di sicuro. Tark era un ingannatore. Non sapevo più cosa pensare e non m'importava. Volevo solo fuggire nell'unico modo possibile, per cui mi lasciai sprofondare nel sonno.

5

"Si rifiuta," disse Goran alzandosi in tutta la sua altezza dopo essere venuto nella mia tenda.

Mi girai con gli occhi spalancati. Avevo sentito bene? "Rifiuta?"

Sembrava nervoso mentre faceva di sì con la testa, perché nessuna mi aveva mai rifiutato. Fino ad ora.

"Ha motivato la sua disobbedienza?" Potevo sentire la rabbia nella mia voce, ma ero calmo. Era una cosa della terra quella sfrontatezza, o era solo di Evelyn Day? Era un tentativo di respingermi? Era troppo tardi. Era mia. Se aveva cambiato sentimenti dopo essere stata scopata così bene allora toccava a me dominarla. Forse la punizione era stata troppo severa per la sua mente umana? Era la sua piccola corporatura? Dovevo scoprire cosa serviva a Evelyn Day per essere felice, e se l'estasi per lei sarebbe giunta con la punizione o col piacere.

"Non l'ha fatto."

"È ancora nell'harem?"

Annuì nuovamente.

Mi alzai e uscii fuori nell'aria calda, con Goran che teneva aperta la tenda per me. Salutai con un cenno del capo quelli che incontrai, e forse il mio sguardo li dissuase dal parlarmi.

Le guardie all'ingresso dell'harem si misero sull'attenti al mio arrivo. Mi abbassai per entrare nella tenda delle donne. Diverse di esse si alzarono e mi salutarono.

"Dov'è la mia compagna?" chiesi. Due donne sobbalzarono al tono aspro della mia voce, ma non gli prestai molta attenzione. Non mi concentrai sulle compagne degli altri. L'unica che mi interessava era la mia.

Una donna indicò la seconda stanza.

Lì trovai Evelyn Day seduta su un letto che si spazzolava i capelli. Sembrava calma e pacifica, per niente sorpresa dalla mia comparsa.

"Quando ti faccio chiamare, tu devi venire" dissi.

Guardò in su verso di me e vidi il fuoco nei suoi occhi. Alzò le spalle, mise giù il pettine e iniziò a raccogliere i suoi lunghi capelli in un'unica treccia. Aspettò di averla legata prima di parlare. "Sono sorpresa che t'importi tanto, visto che una qualsiasi di noi vale l'altra, giusto?"

Si alzò, ed era più adorabile di quanto ricordassi. Indossava una sottoveste, come le altre, ma il materiale sottile si stringeva sul suo corpo senza nascondere nessuna delle sue curve. I suoi capezzoli turgidi e gli anelli che li adornavano erano ben visibili, con la catena che creava una dolce curva sotto il tessuto. Il materiale era tirato attorno ai suoi fianchi larghi e arrivava solo a metà coscia. E lì, penzolante tra le sue cosce, c'era la prova della mia volontà. Avevo disattivato le stimosfere ore fa. Forse aveva bisogno di ricordarsi di nuovo chi era che comandava, o forse erano state le sfere a farla diventare così sprezzante. In entrambi i casi, era più attraente ora di quando era nuda.

Il suo corpo mi distraeva e dovetti ripensare alla sua domanda. La guardai in modo torvo. "Una qualsiasi di noi?"

"Le donne nell'harem."

"Non so di cosa tu stia parlando. Gli uomini della Terra condividono le loro compagne con gli altri?"

"Questo è un harem, no?"

"Sì."

Aprì leggermente la bocca, per poi serrare gli occhi. "Non esistono harem sulla Terra, non più. Non ce ne sono da secoli. Questo è il *tuo* harem, giusto?"

"Questo harem è per tutti quelli dell'Avamposto Nove," risposi.

Stavamo l'uno di fronte all'altra. Non ero per niente abituato a questo tipo di conversazione. In genere le persone mi ascoltavano quando parlavo, e poi rispondevano con un sincero "Sì, signore."

Non ero abituato a tante domande. Dubitavo che dalle sue labbra sarebbe uscito un "signore", per non parlare di un "padrone", perlomeno non fino a che avesse avuto un vestito a coprire la sua pelle soffice.

Fu rapida, perché la vidi appena raccogliere la spazzola e lanciarmela contro. Quasi non mi spostai dalla traiettoria dell'oggetto. *Fark*, aveva una mira eccellente!

"Hai intenzione di condividermi con l'intero avamposto?" Sibilò quest'accusa con la voce piena di veleno e sofferenza. Il suo sguardo era rabbioso, ma dietro il fuoco dei suoi occhi si celava il dolore del tradimento. "Ti ho detto che preferisco andare in prigione sulla Terra piuttosto che essere una puttana."

Dopo un momento di sorpresa, distesi le spalle all'indietro e fissai la sua sagoma tremolante. "E ti ho detto che non ti avrei condivisa con nessuno."

Il volume della mia voce la fece retrocedere di un piccolo passo, ma sollevò il mento verso di me. Era così sprezzante e quel fuoco mi faceva venire il cazzo duro come una roccia. Volevo assaggiare quel fuoco, usare la mia bocca fino a che non avesse piagnucolato pregandomi di scoparla follemente!

"Eppure, sono costretta a condividerti con le altre, vero?" Incrociò le braccia sul petto, facendo gonfiare il seno oltre l'orlo della sottoveste.

Digrignai i denti a quella vista, perché avevo il cazzo duro e la mano che fremeva per sculacciarla per la sua insolenza. Mi aveva disseminato la frustrazione nel petto, facendomi serrare i pugni lungo i fianchi. *Fark!* La mia compagna avrebbe dovuto essere carina e ubbidiente, non una donna che mi sibilava contro o faceva domande su qualunque cosa facessi. Ma non l'avrei posseduta né toccata gonfio di rabbia com'ero.

"Non ho nessun'altra" replicai.

"Ah!" rise senza emozione. Chiaramente non mi credeva. Perché? Perché considerava false le mie parole?

Sollevò una mano e la agitò indicando la stanza. "Allora cos'è questo?"

Guardai lo spazio, opulento anche per un avamposto. "Qui è dove vengono tenute le donne, per la loro sicurezza."

Con la coda dell'occhio vidi muoversi la tendina tra le due stanze e seppi che non eravamo soli. Sospirai. Senza dubbio le altre donne avevano origliato la nostra discussione, e io non avevo bisogno che la mia vita personale fosse l'oggetto del loro gossip o un pretesto per quelli che volevano detronizzarmi.

Piegandomi in avanti, misi la spalla all'altezza della vita di Evelyn Day e la sollevai mettendocela sopra, attento alla catena che le penzolava sotto il vestito. Con una mano dietro le sue cosce mi abbassai per entrare nell'altra stanza. Le donne si fecero indietro per lasciarmi passare.

"Cosa stai facendo? Mettimi giù!" borbottò Evelyn Day picchiandomi la schiena con le sue piccole mani.

Sculacciandola mi accorsi che la sua sottoveste si era sollevata, per cui la tirai giù per coprirla. Trasportandola attraverso l'avamposto, non volevo che qualcuno vedesse la sua fica o il suo culo delizioso.

Era stata ingannata su qualcosa riguardo all'harem e

la cosa mi aveva reso furioso. Dovevo risolvere la
questione, perché volevo affondare di nuovo in lei,
accoppiarmi con lei, sentirla sotto di me, assicurarmi che
sapesse di essere mia. Ma fino a che questa confusione
non fosse stata risolta, sarei sicuramente stato rifiutato.

"Stiamo andando alla mia tenda. Anche se l'harem ti
terrà al sicuro, non ci darà nessuna privacy. Per quello che
ho intenzione di fare con te, la privacy è d'obbligo. Vorrei
parlarti senza attirare l'attenzione dell'intero avamposto,
per cui tieni a freno la lingua."

———

PRIMA CHE LA tenda dell'harem si richiudesse dietro di
noi, intravidi il sorriso malizioso di Mara. Sapevo che
quel sorrisetto non era di amicizia. Probabilmente sapere
che sarei stata punita la divertiva immensamente. In base
a come le altre donne si sottomettevano a Tark, potevo
capire che la maggior parte di esse non gli si opponevano
come facevo io.

Dal modo in cui i suoi occhi si erano spalancati
vedendo la mia spazzola rimbalzare fuori dalla tenda,
supposi che non gli fosse stato lanciato niente contro.
Non ci potevo fare niente. Quell'uomo mi faceva
arrabbiare così tanto! Come aveva osato stendersi sopra
di me, riempirmi completamente con il suo cazzo,
sussurrarmi all'orecchio che ero sua, e poi, dopo
pochissimo tempo, far andare Mara da lui?

Se trovava attraente quella donna vile – anche se

dovevo ammettere che il suo corpo era ciò che la maggior parte degli uomini desideravano, nonostante il suo carattere non fosse il massimo – allora non volevo avere niente a che fare con lui. Sicuramente il programma di abbinamento del centro di smistamento aveva commesso un errore enorme.

La macchina del centro di smistamento aveva scavato nella mia testa, cercando l'abbinamento migliore in base a voglie e desideri subliminali, inconsci. Sulla sedia avevo sognato di essere posseduta da un uomo mentre un altro guardava. Le loro parole erano rozze ma sexy – diamine, così carnali – ma dovevo ancora capire se era quello ciò che volevo davvero. Ero stata irremovibile sul fatto che Goran non mi toccasse, e per fortuna Tark si era dimostrato altrettanto deciso, almeno fino ad ora.

Sicuramente nemmeno il mio subconscio desiderava un uomo che ricercava la compagnia degli altri in certe situazioni.

Sentivo l'aria calda sulla pelle mentre Tark mi portava in giro per l'avamposto. L'ultima volta che ero stata all'aperto era buio. Era passato un giorno intero, e ancora una volta la luce del giorno era svanita. Un'oscurità nero inchiostro ci circondava, e per di più ero a testa in giù. Il mio compagno non mi dava molte possibilità per osservare il mio nuovo mondo.

Ben presto fummo di nuovo al chiuso e Tark mi fece scendere dalla sua spalla. Lo fece lentamente e, dopo avermi messa in piedi sopra un tappeto sul pavimento, mi scrutò con sguardo indagatore, come per assicurarsi che stessi bene.

Eravamo nella tenda di Tark.

"Dov'è il tavolo per le scopate?" chiesi. "Vuoi che mi ci stenda di nuovo sopra? È così che piace a Mara? O voi uomini di Trion riuscite a scopare una donna solo legandola?"

Tark se ne stava tranquillo mentre vomitavo quelle parole taglienti. Era vestito come il giorno prima. Pantaloni neri e maglietta grigia, ma questa aveva le maniche corte come una specie di pullover, con i bottoni sul davanti. Le sea spalle larghe e il petto erano ben definiti sotto il tessuto. Era così grande e al tempo stesso era l'esemplare di uomo più perfetto che avessi mai visto. Sulla Terra non facevano uomini del genere, o almeno non ne avevo mai visto uno. I suoi capelli scuri erano un po' arruffati, forse per avermi portata in giro sulla spalla.

Erano i suoi occhi, comunque, ad essere davvero espressivi. Ci intravidi un bagliore di rabbia, ma era stranamente calmo. Più calmo di me. Il suo sguardo era anche sorpreso e decisamente fiammeggiante.

"Tutte le donne della Terra sono così difficili?"

"Tutti gli uomini di Trion si scopano qualsiasi cosa abbia una fica?" ribattei con voce stridente.

Invece di gridare, si inginocchiò di fronte a me. Prima ancora che potessi immaginare cosa avesse in mente, aveva messo la mano sotto la mia veste e rimosso le stimosfere dal mio corpo con un leggero strattone alla catena penzolante.

Sussultai mentre scivolavano via lasciando una sensazione di vuoto nella mia fica. Strinsi l'inguine. Era strano non averle più dentro, anche se ogni tanto mentre dormivo interrompevano la vibrazione. Le mise da parte, abbandonandole sul tappeto.

"Sembra che dovrò inventarmi forme di punizione alternative, visto che il mio dispositivo sembra aver peggiorato sia la tua lingua che il tuo carattere, anziché migliorarli." Aprii la bocca per parlare, ma lo sguardo che mi lanciò mi zittì. "Ci conosciamo a malapena, ed oggi rimedierò alla questione." Tark si rimise in piedi, così vicino da poter sentire il calore del suo petto raggiungermi attraverso il poco spazio che ci separava. "Stai mettendo in dubbio il mio onore, ma mi sono accorto che la tua ira mi delizia."

Non era ciò che mi aspettavo dicesse. Credevo che avrebbe urlato dimenando le braccia e che magari mi avrebbe sbattuta su qualche supporto per sculacciarmi di nuovo. Ma deliziarlo? Mi aveva ammutolito.

"Ti... ti delizia?" chiesi.

"Sì." sorrise vistosamente e mi cinse le braccia con le sue mani possenti, abbastanza forte da farmi sentire preziosa, ma non minacciata. Sapeva come disarmarmi. Maledetto uomo, era ancora più attraente quando sorrideva e la cosa mi faceva accelerare il battito cardiaco. Anche solo vederlo sorridere nuoceva alla mia salute. "Credi che abbia fatto qualcosa di indegno e per questo sei arrabbiata. Mi delizia che ti aspetti della virtù nel tuo compagno."

Non avevo una risposta adatta.

"Vorrei sapere quale disonore credi ti abbia arrecato."

"Sei ben consapevole delle tue azioni. O forse qui su Trion avete la memoria corta."

Tark mollò la presa sulle mie braccia e le coprì con le mie stesse mani in un misero tentativo di farmi trattenere il suo calore. Si spostò verso una sedia, si sedette tirandosi indietro e distendendo le sue lunghe gambe in avanti. Mise i gomiti sui braccioli e unì le mani. "Ho una memoria perfetta, mia compagna. Ora, dimmi perché sei contrariata."

Sospirai. Forse tutti gli uomini, al di là del loro pianeta di nascita, erano ottusi.

"Hai dimenticato di avermi appena scopato quando hai fatto chiamare un'altra?"

Inarcò le sopracciglia. "Ho fatto chiamare un'altra donna? Chi?"

Sebbene non piacessi a Mara, non volevo farla arrabbiare ancora di più. Mi sembrava di fare la spia come una bambina, ma Mara non era andata in cerca di Tark, era stata chiamata. Stavo solo esponendo i fatti.

"Mara."

Tark si accigliò. "Adesso quello che hai detto prima su Mara ha senso. Ma Mara appartiene a Davish, e ti assicuro, anche se lei non sarà d'accordo, che non è una donna che vorrei."

Era il mio turno di accigliarmi. Stavo iniziando a sentirmi un po' a disagio, come se la mia rabbia stesse rapidamente svanendo. Le mie insicurezze stavano iniziando ad emergere. Guardai in basso verso il tappeto disegnato.

"Oh." Ripercorsi la scena nella mia memoria. La guardia dell'harem non aveva menzionato Tark quando aveva detto a Mara di andare. Solo *lui*. Quel *lui* era ovviamente il suo compagno, Davish.

Che troia.

Attraverso le ciglia lo vidi scuotere la testa lentamente. "Ho fatto chiamare la donna che volevo, e lei mi ha rifiutato."

A quel punto alzai la testa. Mi chiamò vicino a sé con un gesto del dito. Deglutii andando verso di lui, passando sul morbido tappeto sotto i miei piedi nudi.

"Gli uomini terrestri rivendicano qualsiasi donna vogliano?"

Scossi la testa. "No."

"Gli uomini terrestri non sono dotati di onore?"

Tark mi mise le mani sui fianchi e mi tirò in mezzo alle sue ginocchia aperte. Il calore della sua presa mi fece sussultare.

Alzai le spalle. "Alcuni no."

"Presumo che tu abbia avuto interazioni solo con uomini indegni."

Guardai i suoi avambracci, spessi e gonfi di muscoli coperti da peli scuri.

"Alcuni."

"Sai cos'è un harem?" chiese.

Lo guardai dal basso, i suoi occhi scuri, aperti e

concentrati su di me. La rabbia se n'era andata, da entrambi.

"Molto tempo fa li avevano sulla Terra. Alcune culture permettevano a un uomo di avere diverse – molte – donne per sé. Harem era il nome con cui si indicavano tutte le sue donne, ma poteva anche essere il posto in cui restavano fino a che non venivano chiamate per soddisfare i suoi bisogni."

"Ora capisco che problema abbiamo." I suoi pollici accarezzarono su e giù la parte alta delle mie cosce, spostando sempre più il sottile materiale della mia sottoveste, fino a che non accarezzò la mia pelle nuda.

"Un harem su Trion è un posto sorvegliato e fortificato dove restano le donne quando un uomo non può proteggerle. Ciascuna delle donne che hai incontrato appartiene a qualcuno, così come Mara appartiene a Davish e tu..." - si sporse in avanti e mi baciò l'addome – "...appartieni a me."

"So cosa hai pensato. Ti ho detto il mio nome, ma non ti ho detto che sono un Alto Consigliere. Sono certo che ci sia una carica simile sulla Terra, forse con un nome differente. Sono il capo del continente settentrionale e di sette armate. Siamo qui all'Avamposto Nove per l'incontro generale annuale di tutti i consiglieri del pianeta. Ciascuno di noi rappresenta una regione o area diversa del pianeta."

"Abbiamo qualcosa di simile sulla Terra, ma ogni nazione ha un capo. Non esiste un capo di tutta la Terra."

"E tutte le nazioni sono uguali nel tuo mondo? O alcune hanno più potere di altre?"

"Ci sono poche grandi nazioni che controllano quasi tutto."

"Anche qui è così. La mia regione è la più grande e potente. Ora capisci l'importanza della mia carica e il pericolo che minaccia sia me che la mia compagna? Ieri volevo proteggerti dalla curiosità di tutti."

Mi morsi il labbro. "Curiosità?"

"I politici avrebbero voluto che scegliessi una donna di Trion come mia compagna, ma ho rifiutato diverse offerte. Ho aspettato una sposa interstellare perché non ne volevo una scelta per questioni politiche. Ne volevo una che sarebbe stata mia, solo mia, non per questioni politiche o per altri motivi. Volevo una donna che fosse l'abbinamento perfetto per me, l'uomo. Come te."

Chinai la testa, tutta la paura e tutta la preoccupazione erano andate. "Come fai ad esserne certo?"

"L'ho saputo dal momento in cui il trasferimento è stato completato."

Sembrava così sicuro di sé, del fatto che eravamo stati abbinati tra tutte le possibilità della galassia. Non avevo nemmeno voglia di essere abbinata. Avrei *dovuto* essere sulla Terra, nell'ospedale a curare pazienti. Lui credeva che sarei restata su Trion per sempre, ma il nostro abbinamento era a breve termine, sarebbe durato fino a che non fossi stata richiamata per testimoniare.

All'improvviso l'idea di andarmene non sembrava allettante quanto avrebbe dovuto.

Le sue mani si chiusero sul mio fondo schiena, spingendomi vicino a lui.

"Quindi... quindi giuri di non aver fatto chiamare Mara?"

Sentii un rantolo provenire dal profondo del suo torace. "Donna, non avrei richiesto una sposa interstellare se avessi voluto scopare Mara."

Doveva aver visto qualcosa sul mio volto, perché aggiunse "Ho placato i tuoi pensieri? Siamo d'accordo adesso?"

Mi morsi il labbro e lasciai che la tensione e la preoccupazione che provavo svanissero. "Mi hai mandata all'harem per tenermi al sicuro?"

"Avevo una riunione con i consiglieri e non potevo tenerti d'occhio. Ti ho fatta proteggere dalle guardie dell'harem perché non potevo stare con te."

Feci un sorriso. Un sorriso traballante ma pur sempre un sorriso. "Mi dispiace. Non sono abituata ad essere scelta al posto di una donna come... come Mara."

"Ora sono io ad essere confuso. Perché un uomo dovrebbe scegliere Mara invece di te?"

Scoppia in una risata. "Seni vivaci. Stomaco piatto. Fianchi stretti. Cosce non bucherellate dalla cellulite. Capelli sottili e ordinati."

Gli occhi di Tark si assottigliarono e fece scorrere silenziosamente la sottoveste oltre la mia testa, per poi gettarla sul tappeto. La catenella mi sfiorò la pancia oscillando.

"La tua punizione si fa sempre più lunga."

"Cosa?" cercai di indietreggiare, ma la sua presa di ferro me lo impedì.

"Lanciare una spazzola al tuo padrone è decisamente un atto punibile. Comportarsi da bisbetica davanti agli altri richiede una punizione severa. Parlare di te stessa in modo negativo è anche peggio. Non intendo sentirti ancora parlare di te stessa in tal modo."

"Ma..."

Mi girò rapidamente mettendomi giù sul suo grembo, così che mi trovai nuovamente in posizione da sculacciata. Mi colpì il sedere nudo con il palmo della mano.

Mi sporsi per coprirmi, ma lui mi afferrò il polso e lo strinse saldamente. Dio, lo aveva già fatto il giorno prima e avrei dovuto imparare. Avrei dovuto imparare tante cose, ma mi ero di nuovo ritrovata con il sedere per aria.

Parlò mentre la sua mano continuava a piombare sul mio sedere. Al contrario di ieri, gli schiaffi erano molto più forti, i colpi arrivavano dappertutto con un'intensità che mi fece puntare le dita dei piedi per terra combattendo contro la sua presa sicura.

"Mi piacciono le curve in una donna. Mi piacciono le donne che hanno fianchi da afferrare mentre le scopo."

Non riuscivo a trattenere le urla che mi uscivano dalla bocca. Faceva male! Quella non era una semplice lezione per il mio comportamento, era una punizione vera e propria. "Mi piace che la mia donna abbia seni da afferrare a mani piene." La sua mano accarezzò la pelle arrossata. "Come fai a dubitare di tutto ciò?"

Cercai di riprendere fiato in quella breve pausa. "Perché sono bassa e grassa."

Ricominciò a sculacciarmi ed io aggrottai la faccia per il dolore bruciante, lottando contro la sua presa sui miei polsi. "*Gara*, in che modo sei stata valutata per il nostro abbinamento?"

La sua mano fece il giro attorno al mio corpo e un pollice iniziò a stuzzicare uno degli anelli dorati. Trattenni il fiato per il piacere che mi provocava. Ciò, combinato con il bruciore alle natiche, mi fece contrarre la fica. Il clitoride bramava di essere toccato ed io mi sentivo le cosce farsi sempre più umide.

"Mi hanno collegata a dei sensori e mi hanno dato qualcosa che mi provocava delle visioni. Mi hanno fatto guardare centinaia di immagini. Poi sono scivolata in un sogno. Al mio risveglio l'abbinamento era stato fatto."

Iniziò un altro giro di sculacciate, questa volta dirette alla parte superiore delle mie cosce. Le aprì, facendo piombare i colpi sulla pelle morbida, ed io non potei più trattenere le lacrime.

"Mi sono sottoposto a qualcosa di simile. Sei esattamente come voglio, perché me lo ha detto il mio subconscio. Proprio come io sono ciò che vuoi tu."

Singhiozzai pensando alle sue parole. Il mio subconscio lo aveva scelto. Non avevo mai pensato, fino a quel momento, che anche il suo avesse scelto me. Una combinazione perfetta. Tutto ciò che desiderava in un'amante e compagna. L'idea che io fossi fisicamente perfetta ai suoi occhi come lui era ai miei? Non riuscivo a capacitarmene. Come facevo ad essere perfetta se doveva continuare a sculacciarmi?

Lentamente e dolcemente mi sollevò e mi mise davanti a sé. Usando i pollici mi asciugò le lacrime dalle guance. Una volta asciugate, vidi la tenerezza nei suoi occhi scuri. "Basta parlare. Sei stata una brava ragazza e hai accolto bene la tua punizione. È ora di scopare la mia compagna."

6

Spingendomi verso di sé mi mise in grembo, ed io mi sistemai a cavalcioni su di lui, con le ginocchia ai lati delle sue cosce, facendo attenzione a non urtare il mio sedere dolorante.

Il suo corpo irradiava calore persino attraverso i vestiti. Non ero mai stata così vicina a lui. Certo, era stato dentro di me, ma non potevo vederlo, guardarlo negli occhi per vederci il desiderio. Mi stava dando l'opportunità di studiarlo. Da vicino, vidi che il suo naso aveva una leggera curva, come se fosse stato rotto in qualche punto. Con lo strano dispositivo medico che era stato usato sulla mano di quella donna, il suo naso avrebbe dovuto essere sistemato alla perfezione. Al contrario, sembrava *imperfetto*. Aveva le labbra carnose, e mi chiesi come doveva essere sentirle sulle mie.

Dubitavo che fosse un baciatore delicato, ma piuttosto dominante con la bocca così come con tutto il resto. Mentre continuavo a pensare a lui che mi baciava, emise un ringhio dal profondo della gola.

"Quello sguardo, *gara*. Mi scioglie."

Alzai lo sguardo per incontrare il suo. Potevo sentire il suo cazzo tra le mie gambe aperte, lungo e duro, premuto contro la mia fica. Se non ci fossero stati i pantaloni di mezzo, gli sarebbe bastato muovere i fianchi per infilarsi in fondo a me.

"Tu... baci?" Non mi aveva baciata, nemmeno una volta. Mi aveva scopata, fatta urlare, sculacciata ed esplorato il mio corpo con le sue mani. Ma un bacio? Volevo sapere che sapore avesse.

Inarcò il suo sopracciglio scuro e alzò un angolo della bocca. Gli si formò una fossetta sulla guancia, quasi nascosta dalla sua barba accennata. Dio, era così bello ed era mio. Se anche lo avessi voluto, non sarei riuscita ad essere più eccitata. Di sicuro i suoi pantaloni erano fradici per la mia fica che gli gocciolava sopra. Riusciva a sentire il calore del mio sedere sulle cosce?

Sapevo a malapena qualcosa di Tark e lui non sapeva niente di me, eccetto una menzogna. Ma, fondamentalmente, non ci serviva essere nient'altro che estranei, perché lo volevo con un'intensità che non avevo mai provato, mai sentito prima. Ero come le drogate che arrivavano in ospedale, ansiose e disperate per avere un'altra dose. Il mio corpo bramava il suo. Volevo un'altra dose del piacere che solo lui poteva darmi. Il suo profumo era quasi provocante, la sensazione dei suoi muscoli tesi, il modo in cui mi guardava. Non avrei potuto mettere in dubbio la validità dell'abbinamento. Era reale. Quell'attrazione era reale.

Ma non sarei rimasta lì. Quando fosse venuto il tempo di testimoniare, sarei tornata sulla Terra e lui sarebbe stato lontano infiniti anni luce. Sarei tornata in un mondo dove non c'era nessuno per me. Nessuno *giusto* quanto Tark.

Avevo all'incirca tre mesi. Anche se me ne sarei andata, ciò non significava che non avrei potuto sfruttare tutto quello che Tark aveva da offrirmi – anche se ciò significava punizioni.

"Baciare?" chiese Tark. Aggrottò le sopracciglia per un istante. "Ma certo. Tu no?"

Lancia uno sguardo di lato, poi di nuovo verso di lui. "Sì, ma non mi hai mai baciato, per cui non ero sicura."

Sospirò. "Come ho detto, siamo all'Avamposto Nove per le riunioni del consiglio, il che è in conflitto con il mio desiderio di stare con te. Non sono libero di dedicarmi al tuo piacere, di conoscere il tuo corpo nel modo in cui lo farò una volta tornati a palazzo. Credi che preferisca stare assieme a un mucchio di uomini irritanti ed estremamente saccenti quando potrei stare così con te?"

Le sue mani si spostarono sui miei fianchi e li accarezzarono. Il movimento fece fremere il mio clitoride sul suo cazzo e mi fece gemere. Il calore generato dal movimento era così intenso.

"Quel suono che fai sta iniziando a piacermi," mormorò.

I suoi occhi erano puntati sulla mia bocca. Mi leccai le labbra.

La sua presa si strinse mentre osservava la mia azione innocente. Gli piaceva. Lo feci ancora e lui gemette.

"Sei una ragazza cattiva."

Prima che potessi rispondere, si sporse in avanti per cercare la mia bocca. Per un uomo così grande, forte e dal carattere dominante, il suo bacio era davvero morbido e delicato. Per qualche secondo, poi cambiò. Diventò estremamente carnale, con le sue labbra che pretendevano le mie e la sua lingua che scavava in profondità, facendomi sussultare per la sorpresa. Sapeva di vino e di maschio oscuro e intenso.

Sapeva baciare. Dio, se lo sapeva fare. Era come giocare con la benzina, un'esplosione istantanea. Luminosa e sempre più rovente. Ero stata baciata in passato, ma non così. Ero stata toccata in passato, ma le mani di Tark erano così grandi da farmi sentire contenuta, posseduta. E mi stava toccando solo con le mani e la bocca. Come sarebbe stato quando il suo cazzo non fosse stato trattenuto dai pantaloni ma dentro di me per allargarmi e riempirmi?

Mi sporsi verso di lui e gli presi la testa tra le mani, spaventata che se non mi fossi tenuta a lui in qualche modo, sarebbe potuto sparire. Era come un sogno, la sensazione di lui. Questa volta ero sveglia.

"Non... non sono una ragazza cattiva," dissi ansimando e lasciai che prendesse di nuovo le mie labbra.

Dopo una frazione interminabile di tempo tirò indietro la testa e mi guardò, i suoi occhi socchiusi e scuri come la mezzanotte. Le sue labbra luccicavano per i miei baci e il suo respiro era affannoso come il mio. Non credevo al fatto di potergli fare questo effetto.

"Omicidio." Disse solo quella parola, ma fu abbastanza per ricordarmi che per lui ero una ragazza *molto* cattiva.

"Ma..." volevo dirgli la verità, dirgli che quella era una menzogna, ma mi coprì le labbra con le dita.

"Bellezza. Spirito impetuoso. La fica più perfetta. Rantoli di piacere. Fai buon uso dei tuoi poteri."

Non riuscii a non sorridere alle sue parole.

"Il tuo piacere, *gara*, è in mio potere. Non verrai fino a che non lo vorrò io."

Non dovrebbe essere un problema, visto che non riuscivo a venire con un uomo. Be', non prima di conoscere lui.

"Tark..."

"Padrone." Le sue mani si mossero per sollevare la catena che penzolava tra di noi, avvolgersela su un dito e accorciarla costringendomi ad avvicinarmi fino a che le nostre labbra si toccarono. "Mi chiamerai padrone, perché sebbene il tuo potere abbia fatto diventare il mio cazzo grande e duro come il corno di un *trundle*, farai come dico io quando verrà il momento di scopare."

Le sue parole, anche se piene di libido, avevano un tono autoritario.

"Sono l'unico che può darti piacere, non è così? chiese.

Tirò delicatamente la catena ed io esalai un sospiro per il piacere doloroso che mi attraversava il clitoride. Come faceva a sapere che mi piaceva?

"Sì... padrone."

Al suono di quella parola che mi usciva dalle labbra, i suoi occhi si spalancarono. Chiamarlo padrone non era stato così terribile come pensavo. Ero un dottore. Una donna indipendente che non considerava nessun uomo il suo padrone. Ma quando lo dicevo riferendomi a Tark era diverso. Di sicuro era il padrone del mio corpo e, per il momento, ero contenta che lo fosse.

"Ah, forse sei una brava ragazza dopo tutto. Vediamo. Non venire, *gara*. Non fino a che non te lo ordino."

Con un ultimo strattone lasciò andare la catena per raggiungere la mia fica e accarezzarla.

"Così calda, così bagnata. Metti le mani dietro la testa. Sì, così. Ora tienile lì."

Intrecciai le dita dietro il collo, con i gomiti sporti in fuori. La posizione mi teneva i seni eretti all'infuori. Sembrava gli piacesse tenermi legata, ma sul suo grembo non c'era niente da usare per legarmi. Costringermi a mantenere quella posizione era come avere dei legacci invisibili, e il solo pensiero mi scuoteva dentro. Non potevo fare altro che obbedire a Tark.

Giocò con me per un po', facendo scivolare le dita tra le pieghe del mio inguine, entrando e strofinando – oh,

Dio! – il mio punto G. Non indugiò, ma si spostò per tracciare un cerchio attorno al mio clitoride, tormentandomi senza toccarlo, stimolandomi sempre di più fino a che non fui sul punto di venire, ma ritraendo la mano poco prima. Lo fece ancora e ancora. Mossi i fianchi sulla sua mano, ma ogni volta che lo facevo lui si fermava. Poi ricominciava. Rimasi ferma mugolando, fino a che non riuscii più a trattenermi. Stavo per allungare le dita, ma un movimento del suo sopracciglio scuro me le fece rimettere dietro il collo. Era un ciclo completo di tortura e l'espressione sul viso di Tark – soddisfazione compiaciuta – mi faceva capire che il suo dominio era totale.

Ogni cellula del mio corpo agognava il sollievo e solo le sue abili mani avrebbero potuto darlo. Sarei morta di sicuro quando avrebbe iniziato a scoparmi sul serio.

"Padrone, per favore," pregai. La mia pelle era madida di sudore, la gola era secca e i capezzoli duri come sassolini, il mio clitoride pulsante. Ogni parte della mia fica bramava il cazzo di Tark.

Mettendo le mani sui miei fianchi mormorò "Tirami fuori il cazzo."

Abbassando le mani feci quanto aveva ordinato, scivolando indietro sulle sue cosce in modo da avere spazio per slacciargli i pantaloni. Gli uomini di Trion non indossavano biancheria o solo lui? Il suo cazzo balzò fuori, lungo, eretto e gocciolante di liquido pre-eiaculatorio dalla punta. Strabuzzai gli occhi a quella vista.

Sebbene avessi sentito il suo cazzo mentre mi scopava

il giorno prima, non ero riuscita a vederlo. Non ne avevo mai visto uno così grande. Si estendeva spesso e rossastro dal suo nido di peli scuri. Vene gonfie pulsavano per tutta la lunghezza. Una larga cappella a campana faceva da corona. *Quell'affare* sarebbe riuscito a entrare dentro di me?

Ne afferrai saldamente la base – la mia mano non riusciva nemmeno a chiudercisi attorno – e scivolai verso l'alto, usando il pollice per strofinare via i segni visibili della sua libidine. Mi leccai le labbra, chiedendomi che sapore avesse. Salato? Muschiato? Di certo, puramente e genuinamente mascolino.

"Continua a guardarmi così e verrò nella tua bocca, non nella tua fica." La sua voce era ruvida e profonda, come se avesse allentato leggermente il suo controllo su di essa. "Mettimi dentro di te."

Le sue mani mi sollevarono sopra di lui, mettendomi esattamente dove voleva che fossi. Tenendogli ancora stretto il cazzo mi abbassai in modo che la sua cappella premesse contro la mia apertura. Mentre continuavo ad abbassarmi ulteriormente, iniziò ad allargarmi, riempiendomi sempre di più.

Misi le mani sulle sue spalle per mantenere l'equilibrio e lo strinsi forte finché non fui completamente su di lui. Era tutto dentro di me, con la cappella che premeva contro il mio utero. Mi sentii riempita, allargata e completamente posseduta. Il calore e le fitte che mi attraversavano il corpo acuivano quella sensazione.

Sussultai, in estasi per la sensazione di... completezza. La mia fica si stringeva attorno a lui mentre venivo scossa da piccole scosse di piacere. Le stimosfere che aveva inserito dentro di me mi avevano reso solo più sensibile, più conscia di ogni punto in cui ora si strofinava.

Gli occhi di Tark si chiusero e i suoi denti si digrignarono. "*Fark*," sospirò, appena prima di afferrarmi i fianchi iniziando ad alzarmi e abbassarmi.

Cercai di muovermi, di strofinare il clitoride su di lui ogni volta che mi abbassava, ma la sua presa era troppo sicura. Tutto ciò che potevo fare era sentire il modo in cui muoveva i suoi fianchi per contrastare il movimento verso il basso che facevano i miei.

I miei seni che sobbalzavano scuotendo la catena, i capezzoli turgidi e formicolanti, tutto ciò si aggiungeva alle sensazioni che mi attraversavano le vene, ma non era abbastanza per farmi venire. Come faceva quest'uomo a sapere come farmi arrivare giusto al limite ma non oltre? Non era mai stato così intenso prima d'ora. La nostra pelle era scivolosa per il sudore, il nostro respiro affannoso e spezzato. I suoni acquosi del sesso riempivano lo spazio e riuscivo a sentirmi urlare di piacere, piacere intensificato dal dolore del mio sedere che strofinava contro le sue cosce. Il resto dell'avamposto era appena fuori da quelle pareti sottili, e senza dubbio tutti potevano sentire – e capire – cosa stavamo facendo. Non m'importava. M'importava solo di stare con Tark e di lasciargli governare il mio corpo. Non c'era da sorprendersi che non fossi mai venuta con un altro uomo.

"Verremo insieme, *gara*," ringhiò. Giuro che riuscivo a sentirlo crescere ancora di più dentro di me.

Allungò la mano in mezzo a noi per strofinarmi il capezzolo, mantenendo per tutto il tempo i suoi occhi scuri fissi sui miei.

Non riuscivo a tenerli aperti, ma la sua voce mi risvegliava. "No, guardami. Voglio guardare il tuo viso mentre vieni, mentre prendi il mio seme."

Le mie pareti interne fremettero al suono delle sue parole, e venni. I miei occhi si spalancarono, quasi sorpresa di potermi sentire così, sorpresa che quell'uomo avesse potuto darmi tutto ciò. Un urlo mi sfuggì dalle labbra. Non riuscivo a trattenermi. Non riuscivo a trattenere niente. Inarcai la schiena e strofinai sulle sue cosce, cavalcando il piacere e guardando Tark che serrava la mascella. Le sue guance si infiammarono e lui ringhiò. I tendini del suo collo si contrassero ed io potei sentire il suo cazzo pulsare e il suo seme riempirmi. Sapevo che la mia fica lo stringeva come in un pugno, quasi strizzandogli fuori lo sperma dal corpo, come se ne avesse bisogno, come se lo bramasse.

Esausta, crollai in avanti, con la testa abbandonata sulla spalla di Tark e i nostri toraci l'uno contro l'altro. La mia fica continuava a stringere e pulsare con piccole scosse. Non avevo alcuna voglia di muovermi. Per il modo in cui Tark mi passava la sua mano forte sulla schiena sudata, sembrava non ne avesse voglia nemmeno lui.

Non so per quanto rimanemmo così, ma a un certo punto Tark si alzò, restando saldamente unito a me, e camminò per la tenda fino a farmi stendere sulla schiena calandosi sopra di me. Evitava di appoggiare il suo peso su di me aiutandosi con l'avambraccio. Una spessa ciocca di capelli gli cadde sulla fronte ed io gliela spostai all'indietro, anche se ricadde di nuovo in posizione.

"Evelyn Day, mi soddisfi."

"Eva," replicai.

Aggrottò le sopracciglia.

"Preferisco Eva." Era importante per me che mi chiamasse col mio nome vero, non quello falso assegnatomi dai procuratori per la mia identità segreta. Non era il mio. Niente di Evelyn Day, l'assassina, era legato a me.

"Eva," ripeté, come facendo le prove col mio nome. "Cosa fai sulla Terra?"

Aggrottò ancora più le sopracciglia, accentuandone la ruga. "Perché fai quello sguardo?"

"Vuoi fare una conversazione così?" Tark era stesa sopra di me, completamente dentro di me, coprendomi come un lenzuolo caldo. La sua faccia era a pochi centimetri dalla mia, sospesa e concentrata su di me con un'intensità tale che per me fu difficile restare concentrata. Non mi ero mai sentita così consumata. Così preziosa. Così intimamente legata ad un'altra persona.

Mi accarezzò i capelli con una mano ed io dovetti resistere per non strofinare il naso sul suo palmo caldo e forte. "Cioè con il mio cazzo ancora dentro di te?"

Annuii da sopra il morbido materasso.

Sorrise, facendomi sciogliere un po' il cuore. "Niente

si metterà tra noi due, *gara*. Inoltre, voglio assicurarmi che il mio seme rimanga dentro e metta radice."

"Vuoi... vuoi un bambino?" Gli uomini che conoscevo non erano affatto interessati ai bambini. "Ho un impianto anticoncezionale."

Scosse la testa. "Come da prassi, l'impianto è stato rimosso. Ricordi la sonda?" Come avrei potuto dimenticare? "Ha confermato la tua fertilità e la tua capacità di procreare. Non desideri un bambino?"

Alzai le spalle e guardai i peli sul suo petto, ci passai le dita sopra. Erano morbidi come la seta e riuscivo a sentire il suo cuore battere sotto i miei polpastrelli.

"Certo, ma sulla Terra non avevo nessun uomo. Pensavo che avrei avuto figli un giorno. Ci si deve pensare a lungo" aggiunsi.

"L'ho fatto. Produrre un erede è un requisito."

Mi irrigidii sotto di lui, per niente contenta di essere considerata solo un contenitore per la sua progenie.

"Non ti innervosire, Eva. Anche io voglio avere un figlio, una bambina tale e quale a te, capelli rossi e tutto il resto. Forse un tantino meno vivace, perché se sarà come sua madre sarà di certo la mia fine."

Sorrisi alla sua battuta. Non potevo che essere contenta delle sue parole.

"Non ti serve un maschio per portare avanti la discendenza o cose così?"

Scosse la testa e mi passo un dito sulla spalla facendomi venire la pelle d'oca. Sentivo i pori della mia pelle sollevarsi.

"No. Non importa."

Il suo capezzolo era un disco piatto, di una tonalità più scura del resto della sua pelle; ci passai sopra la mano. Mise la sua sopra la mia ed io alzai lo sguardo verso di lui.

"Qual... qual era la domanda?" mi ero distratta.

"Cosa facevi sulla Terra? Non credo che il tuo lavoro fosse l'assassina."

Mi irrigidii sotto di lui, con le ginocchia premute contro i suoi fianchi.

"Ero... sono un dottore."

Inarcò un sopracciglio. "Come Bron?"

"Non conosco la sua specializzazione, ma credo di sì. Pratico medicina d'urgenza."

"Notevole," disse.

"Da quanto ho visto, Trion sembra essere più evoluta della Terra. Avete una bella varietà di strumenti utili."

"Ah, intendi la sonda?"

Deglutii ricordando come quella specie di vibratore mi aveva fatto sentire. "Te lo assicuro, non abbiamo niente del genere sulla Terra. Se ce l'avessimo, il pronto soccorso sarebbe sempre sovraffollato."

Tark sorrise.

Sembrava davvero interessato a conversare e non aveva intenzione di rimuovere il cazzo da dentro di me. "Ci sei nato Alto Consigliere o sei stato eletto?"

"La posizione mi è stata trasmessa alla morte di mio padre. La passerò al mio primogenito."

"Una monarchia, quindi."

"Sì. Monarchia." Provò a pronunciare la parola. "Come ti ho detto, ci sono altri che vorrebbero spodestarmi, per governare in modo diverso. Molti sono abituati a costumi più severi e vorrebbero vederli adoperati in tutte le regioni. Ho un approccio più... flessibile, che spero permetta la coesistenza di diversi costumi su tutto il pianeta."

Oltre che un amante incredibile, era un leader e un diplomatico.

"Essere il compagno di un'assassina probabilmente non ti aiuta." Probabilmente aveva incontrato qualcuno a cui non piacevo per via del mio falso passato.

Emise un suono vago e fece scivolare una mano lungo la catena che portavo tra i seni.

"Hai intenzione di uccidermi?" I suoi occhi erano fissi sulle sue dita.

"No." Inspirai a fondo quando iniziò a strattonare piano la catena facendo in modo che tirasse prima un anello al capezzolo e poi l'altro. "Non vuoi sapere cosa ho fatto?"

"Me lo dirai quando ne avrai voglia. Per adesso." Spostò leggermente i fianchi e lo sentii muoversi dentro di me. Il suo seme ne facilitava il passaggio. "Di nuovo" mormorò muovendo i fianchi.

Spalancai gli occhi sentendo quanto era duro – si era mai afflosciato? – e quanto anche io ero desiderosa.

Il suo sperma scivolò fuori mentre lui si muoveva e gocciolò giù tra le mie gambe e sul lenzuolo sotto di me.

"Padrone," sussurrai mentre usciva leggermente per

poi scivolare di nuovo dentro. Era più grande della sonda che aveva usato su di me. Più caldo. Era più abile a brandire il suo cazzo, facendo rispondere il mio corpo.

Sorrise, chiaramente contento di sentire quell'unica parola, e riprese a darci dentro.

7

*P*assarono altri due giorni; il mio tempo oberato da riunioni mi costringeva a mandare Eva all'harem in modo da essere certo che fosse al sicuro. Oltre ad essere bella, era una donna ragionevole e capiva perché non potessi tenerla con me. Le sculacciate erano certamente servite. E mi evitarono altre spazzole lanciate contro la mia testa.

Non era Eva a lamentarsi, ma gli altri consiglieri. Mi sistemai sulla mia solita sedia al di sopra degli altri ed ascoltai il loro borbottio.

"Non abbiamo assistito alla prima scopata e non abbiamo potuto posare gli occhi su di lei. Solo le compagne presenti nell'harem possono confermare la sua esistenza." Il consigliere Bertok continuò con la seccatura.

"Il consigliere Tark non è in casa sua. Sono certo che

comprendiate il suo bisogno di proteggere la sua compagna," rispose Roark.

"Da chi?" chiese il vecchio. "È lei l'assassina. Siamo noi quelli che dovrebbero temere che faccia del male alle altre donne dell'harem." Sollevò il braccio per indicare gli altri. "Non vi importa delle vostre compagne? Le guardie le proteggono da pericoli *esterni,* ma forse il vero pericolo viene dall'*interno.*"

"Ora basta," dissi.

Tutte le teste si voltarono verso di me.

"Goran, portami la mia compagna."

Il mio secondo in comando annuì prima di lasciare la tenda.

Il discorso passò all'ultimo ordine del giorno fino al ritorno di Goran. Sollevò la tenda ed Eva entrò. Mi alzai e gli altri fecero lo stesso. Tendendo la mano la feci venire al mio fianco. Era adorabile e tutti gli uomini nella stanza avevano occhi solo per lei. Fortunatamente, indossava la sua semplice sottoveste e una tunica sopra di essa, abbastanza lunga da avvolgersi tra le caviglie. Non aveva bottoni o chiusure, Eva ne teneva chiusi i lati vicino al petto.

Le feci un sorrisetto – non potevo offrirle di più, perché se i consiglieri avessero saputo il mio profondo interesse per lei, la cosa sarebbe potuta rivelarsi pericolosa. Eravamo entrambi sotto esame.

Mi sporsi in avanti e le sussurrai all'orecchio, "Alcuni uomini sono più formali e hanno modi più severi di altri. Per favore, lascia fare a me."

Sebbene potessi vedere la confusione nei suoi occhi chiari, si limitò ad annuire e restò silenziosa. Speravo, per il suo bene, che non mi avrebbe contraddetto. Non volevo doverla sculacciare pubblicamente.

"Questa è Evelyn Day, la mia compagna."

Tutti gli uomini fissavano la donna alla quale ero stato abbinato.

"Come potete vedere, è troppo piccola per costituire un pericolo."

Con la coda dell'occhio vidi che mi guardava.

"Potrebbe nascondere un'arma," disse il consigliere Bertok guardandola con disdegno.

Tesi le spalle. "Metti in discussione la mia compagna?"

"E *tu* l'hai fatto? Ha commesso un crimine atroce sul suo pianeta. L'unica punizione che ha ricevuto è stata essere mandata qui. Di certo Trion è un mondo più avanzato ed evoluto della Terra. Come può venire qui essere una punizione adeguata?"

Il consigliere Bertok avrebbe dovuto ritirarsi, visti i suoi modi quanto mai arcaici. Sfortunatamente, non doveva fare il diplomatico. Io sì. Ciò che aveva detto era vero. Dovevo ancora chiedere a Eva i dettagli delle sue azioni. L'assassinio a sangue freddo era un crimine grave su Trion. Lo era anche sulla Terra? Che cosa *aveva* fatto? Glielo avrei chiesto, ma in privato. Più tardi.

"Il crimine di Evelyn Day e la relativa punizione sono responsabilità del suo mondo, non del nostro. Lei è qui come mia compagna, niente di più. Se sarà punita, lo sarà a causa delle infrazioni che commetterà qui su Trion e, in quanto suo compagno, sarò io a provvedervi."

Il vecchio uomo si alzò. "Non resterò qui finché è in libertà."

"Cosa ti aspetti che faccia, consigliere Bertok, che imprigioni la mia compagna, la donna inviatami dal Programma Spose Interstellari? Volteresti le spalle al trattato che mantiene al sicuro Trion e centinaia di altri mondi solo perché hai paura di una donna? Eri tu che volevi vederla."

"Dovrebbe essere tenuta in catene per la sicurezza delle nostre donne. Altrimenti, dovremmo tutti andarcene."

Altri due consiglieri si alzarono e fecero un gesto di assenso.

Non potevo permettere che se ne andassero. Mi serviva la loro presenza per terminare le riunioni, perché non avevo alcuna voglia di tornare all'Avamposto Nove per un altro anno. Eppure, mi rifiutavo di vedere la mia compagna in catene solo per il capriccio di un singolo uomo. Avrei punito Eva quando la situazione lo avrebbe richiesto, sculacciandola fino a che non si fosse sottomessa alla mia mano, ma non ora, non quando non aveva fatto niente per meritarselo.

L'uomo stava esercitando il suo potere su di me per mezzo della mia compagna, e ciò era inaccettabile. Sapeva che avrei dovuto fare come voleva. Avrei voluto staccare la testa di quell'uomo e fissarla su un palo, ma invece chiamai Goran.

"Portami una delle fiaccole."

Goran probabilmente non era d'accordo con la mia richiesta, ma non disse nulla e fece quanto avevo chiesto.

Voltandomi verso Eva, dissi "Inginocchiati."

Assottigliò gli occhi, ma obbedì. Mentre mi guardava dal basso attraverso le sue ciglia, mi venne in mente un'immagine di lei nella stessa posizione che mi succhiava il cazzo. Per fortuna, Goran tornò.

"Rimuovi la luce," gli dissi, e lui ne tolse la parte luminosa dalla sommità. Presi l'asta. "Grazie."

Lui annuì e si ritirò.

"Solleva la catena da sotto il tuo vestito," dissi ad Eva.

Prima guardò gli uomini e poi me. Vidi i suoi occhi fiammeggiare e per un istante pensai che avrebbe disobbedito, ma fortunatamente restò silenziosa e fece quanto le avevo ordinato. Sollevò la catena tra i suoi seni e la tenne sospesa fuori dalla sua sottoveste. Forse, e ci speravo, la sua pronta risposta si basava sulla crescente fiducia tra di noi. Le avevo detto più di una volta che non le avrei mai fatto del male, e lo avevo dimostrato toccandola solo per darle piacere. Sculacciarla, non una volta ma due, era stato un inizio doloroso, ma dal modo in cui si era bagnata, sapevo che le era piaciuto. Forse era una punizione misera per qualcuno a cui piaceva un po' di dolore. Era qualcosa su cui riflettere. In un altro momento.

Mi inginocchiai e infilai attentamente la parte inferiore dell'asta nello spazio tra la catena e il suo corpo e la piantai nel pavimento, guardandola affondare e sistemarsi saldamente nella sabbia. La smossi un po' per assicurarmi che fosse ben fissata.

L'asta si trovava tra la catena e il suo corpo. Eva non sarebbe andata da nessuna parte, a meno che non avesse deciso di arrampicarsi sull'asta per liberare la catena. Dubitavo che volesse strapparsi gli anelli dai capezzoli. Questa sistemazione le permetteva di essere bloccata, ma non legata. Era accanto a me – modestamente coperta – dove volevo che fosse, e avrei potuto facilmente liberarla qualora si fosse presentato un pericolo. Un rapido strattone all'asta e sarebbe stata libera.

"Soddisfatto?" chiesi al consigliere Bertok.

Contrasse le labbra sottili ma annuì e tornò a sedersi. Non poteva fare altro e ne era consapevole. Avevo soddisfatto la sua richiesta, sebbene avrebbe preferito che la spogliassi e la mettessi in catene. Quel vecchio *fark*.

La crisi fu evitata, anche se solo a spese di Eva. Tenne la testa chinata per tutta la durata della riunione. Senza dubbio era imbarazzata e molto arrabbiata. Mentre mi concentravo sull'ordine del giorno continuavo a controllare Eva, valutando se fosse comoda. Sebbene fossi l'Alto Consigliere, ero anche il suo compagno, e lei era la mia priorità numero uno. Mi ero dedicato al mio ruolo per tutta la vita. Ora era tempo di dedicarmi a Eva.

Quando stetti per terminare la riunione, una delle guardie entrò nella tenda. Dall'espressione di urgenza sul suo volto e dal sudore che gli scivolava sulla fronte, era successo qualcosa di grave.

"Alto Consigliere, c'è stato un incidente. Molti sono morti e ci sono dei feriti."

———————

PROBABILMENTE ERO STATA PIÙ in imbarazzo quando Goran aveva guardato Tark che mi scopava, ma la cosa era stata attenuata dall'eccitazione e, in definitiva, da un orgasmo incredibile. Essere obbligata a stare seduta su una piattaforma rialzata accanto a Tark, non come sua pari, ma evidentemente come la sua... donna, o peggio, come un animale incatenato, era stato più che mortificante. Sebbene non mi avesse realmente legata, ammanettata o incatenata come avrebbe voluto quel terribile Bertok, ero effettivamente stata intrappolata. La catena che avevo attaccata ai capezzoli mi teneva salda all'asta. Tark era stato premuroso, non di meno mi ero ritrovata legata. Ero stata furiosa per i primi minuti della riunione, ma poi avevo capito che il mio compagno stava solo facendo il suo dovere.

Le variazioni nei costumi esistevano anche su Trion, e Tark doveva affrontare tali divergenze tra consiglieri. Invece di incatenarmi aveva trovato un modo per soggiogarmi pur lasciandomi un po' di dignità. Conoscevo la forza di Tark e sapevo che avrebbe potuto rimuovere l'asta dalla sabbia con la stessa facilità con la quale l'aveva conficcata.

Era stato lo sguardo negli occhi degli altri uomini a farmi tenere la testa bassa, a farmi sentire inferiore, non

Tark. Non volevo vedere la malizia, la brama o la curiosità che avevo notato al mio primo ingresso nella tenda. Volevo solo lo sguardo di Tark su di me. Mi piaceva vedere i suoi occhi fiammeggianti. Mi piaceva sapere che mi desiderava, che la sua curiosità era pari a quella che provavo io per lui. Non m'importava di nulla con Tark, perché ero stata io a portare quella curiosità in lui e la cosa mi aveva fatta sentire potente, non una sgualdrina.

Era questo che cercava di evitare tenendomi reclusa? Avevo odiato la sensazione di essere nascosta, lontana da chiunque attorno a me. Non ci ero abituata, ma ora sapevo il perché. L'Avamposto Nove era... scomodo, persino per Tark. Doveva conciliare le sue idee personali, le sue abitudini e convinzioni con gli altri consiglieri – ormai era ovvio, con Bertok e i suoi seguaci – ed io mettere da parte le mie. Ero stata troppo diretta ed ero stata sculacciata affinché imparassi le leggi di quella terra. Ero stata fortunata a venire castigata prima di quel momento, perché avevo imparato a tenere a freno la lingua. Se non lo avessi fatto, di certo Tark sarebbe stato costretto a punirmi davanti a tutto il consiglio. La sua posizione, non solo di mio compagno, ma di Alto Consigliere, lo avrebbe richiesto. Aveva parlato del palazzo, della città in cui viveva. Fortunatamente, la nostra permanenza in quell'accampamento sarebbe stata temporanea.

Ma quando arrivò la guardia con le notizie di un incidente, non volli più tenere la testa chinata o stare nascosta. Volevo fare il mio mestiere.

Tark si alzò immediatamente e strappò l'asta dalla sabbia, liberandomi dalla mia pseudo cattività. Mi misi in piedi. Tark mi prese per un braccio e mi portò verso Goran.

"Portala all'harem."

Mentre Goran annuiva io dissi "No! Potrei essere d'aiuto."

La sala era in preda a un pandemonio. Tutti stavano parlando contemporaneamente, molti stavano lasciando la tenda circondati da guardie.

"Intendi con la tua formazione medica?" chiese Tark a voce così bassa che solo io e Goran potevamo sentirla.

Feci cenno di sì. "E poi, non sappiamo se è stato davvero un incidente o qualche specie di attacco."

Tark serrò la mandibola, ma ci stava riflettendo. Non aveva ancora detto di no. Non volevo essere rispedita all'harem, a rigirarmi i pollici lasciando che il mondo mi scorresse accanto. Qualcuno sarebbe potuto morire se non avessi aiutato, e ciò andava contro tutte le mie convinzioni.

"Considera che diffondere l'agitazione nell'harem potrebbe essere una distrazione," aggiunsi. "Devo ammettere che ci sono molte a cui non piaccio. Ferire me significa ferire anche te."

A Tark non piacquero i miei commenti, ma era evidente che li considerasse una possibilità molto concreta.

"Per favore, Tark," pregai. "Posso fare di più su questo pianeta, che non sfornare solo bambini. Puoi considerarmi solo un'assassina, ma sono brava in quello che faccio. Lascia che dia una mano."

Si prese un altro momento per decidere. "Molto bene. Starai dietro di me per tutto il tempo. Devi obbedire, Eva. Lo capisci?

"Sì."

Il cuore mi saltò in gola quando realizzai che mi avrebbe permesso di unirmi a lui. Si fidava di me, mi lasciava essere più di ciò che ci si aspettava da una compagna. Non avrei potuto starmene seduta pigramente a intagliare legno,e lui lo sapeva. L'abbinamento, Dio, era stato incredibile, perché Tark sapeva cose di me che gli altri uomini non avrebbero mai visto o non avrebbero avuto il tempo di scoprire.

"Altre guardie. Ora." ordinò Tark agli uomini fuori dalla tenda. "Seguiteci."

Tark mi prese per il braccio e seguì l'uomo che aveva interrotto la riunione. Goran ci seguiva da vicino. Attraversammo la folla agitata per la notizia. Mentre camminavamo, riuscii a vedere di più dell'Avamposto Nove di quanto avessi potuto in precedenza. La mia supposizione era esatta. Tutti gli uomini erano grandi. C'erano solo poche donne in giro, tutte accompagnate da una scorta maschile. Guardai una lunga fila di tende e in fondo vidi dei banchetti simili a bazar o a stand di una fiera. Del fumo saliva verso il cielo e l'aria era intrisa di odore di carne arrostita, mandorle e strane spezie. La camminata mi fece venire il fiatone e la mia pelle iniziò a imperlarsi di sudore. Il sole era forte, ma non volevo occludermi la visuale con il cappuccio della tunica.

"Cosa è successo?" chiese Tark alla guardia.

L'uomo si guardò alle spalle con aria cupa.

"Davish e il suo contingente si stavano dirigendo a sud verso la sezione del capo quando sono stati assaliti. Erano solo a metà strada al momento dell'attacco. I sopravvissuti sono tornati indietro sapendo che l'unica assistenza sarebbe stata qui. Le sentinelle li hanno visti tornare e hanno richiesto aiuto."

"Predoni?" chiese Tark.

"Probabilmente. Si sono allontanati, ma è stato inviato uno squadrone per seguirne le tracce."

La differenza tra Tark amante e Tark Alto Consigliere era impressionante. Mentre era dominante e autoritario con me, il suo tocco, la sua voce, anche lo sferzare del suo cazzo, sebbene decise, erano piuttosto gentili. Non ho mai avuto paura di lui. Ora invece, i lineamenti tesi delle sue spalle, l'evidente potere che lo circondava, lo rendevano quasi una persona diversa. Aveva la guardia alzata, le difese pronte per qualsiasi evenienza.

Uscimmo da in mezzo a due tende e ci trovammo davanti alla terra sconfinata. A destra e sinistra si potevano vedere i confini dell'avamposto, costituiti da lunghe linee di strutture temporanee identiche. Era una vasta cittadina nel mezzo del nulla, se il panorama davanti a me diceva il giusto. Una volta ero stata nel deserto a sud-est per una vacanza con un'amica del college. Il paesaggio era arido e brullo. Non c'erano alberi, a cui ero abituata essendo cresciuta appena fuori dalla capitale dello stato. Il cielo dell'Arizona era ampio e azzurro e le formazioni rocciose erano di colore arancio-rossastro. Quello era l'unico deserto che avessi visto, l'unica cosa che potessi paragonare a questo. Ma il deserto, qui su Trion, era completamente diverso da qualsiasi cosa avessi mai visto prima.

La sabbia era bianca, come quella di una spiaggia, un oceano senza fine che andava per miglia e miglia in tutte le direzioni. Il paesaggio era punteggiato da piccoli arbusti viola, rossi e marroni, e all'orizzonte si stagliavano poche formazioni rocciose spigolose di colore grigio. Ciò che mi fece trasalire furono le due lune che riuscii a vedere nel cielo, una bianca e l'altra rosso sangue. Riparandomi gli occhi dal bagliore con una mano restai a fissarle. Ma non per molto.

La guardia indicò alla nostra destra un piccolo gruppo di persone con dei grandi animali. Pensai subito che dovevano essere delle specie di cammelli, dal momento che ci trovavamo nel deserto, ma in realtà sembravano più dei cavalli dal pelo lungo. Gli uomini tenevano le briglie degli animali, che erano stati posizionati in un cerchio protettivo attorno alle persone sdraiate per terra. Tark si fece spazio fino al centro portandomi con sé.

Iniziai a contare le persone, con il mio istinto da medico che cominciava a scalciare. La solita adrenalina iniziò a pomparmi nelle vene. Otto giacevano per terra, sia uomini che donne. Alcuni si contorcevano, visibilmente feriti e doloranti, altri erano immobili. Uno, da dove mi trovavo, appariva evidentemente morto, con la materia cerebrale che gli colava da una crepa nel cranio.

Uno degli uomini ci vide arrivare, si alzò dal fianco di una donna ferita e coprì rapidamente la distanza che ci separava.

"Alto Consigliere." Fece un inchino di rispetto. "Abbiamo un morto, tre prossimi a raggiungerlo e i restanti riportano ferite non letali. Sfortunatamente, le nostre sonde e i nostri scanner non possono curare la gravità di alcune ferite."

"C'è qualcosa che non va. Sta sanguinando copiosamente!"

Ci voltammo in direzione dell'urlo. Un altro uomo era inginocchiato accanto a una donna ferita. "Ha appena iniziato a sanguinare e non riesco a fermare il flusso. La bacchetta ReGen non funziona!" Era nel panico, con gli occhi spalancati che osservavano il sangue pompare fuori dalla ferita alla coscia. L'uomo agitò un piccolo dispositivo su di essa, ma questa volta non ci fu nessuna luce blu e nessun segno di miglioramento.

"È sangue arterioso. Devo dare una mano."

Una mano sul mio braccio mi fermò.

Guardai Tark. "Potrai sculacciarmi quanto vuoi più tardi, ma devo aiutare. Ora. Sarà morta in un minuto se non fermiamo l'emorragia." Cercai di divincolarmi dalla presa.

"I casi più gravi possono essere portati all'unità medica." disse Tark.

"Moriranno prima di arrivarci, e non ci sono capsule di rivitalizzazione," ribatté l'uomo. Aveva mai visto del sangue arterioso prima di allora?

"*Fark*" mormorò Tark.

Strattonai ancora più forte la presa di Tark alla vista del sangue che iniziava a inzuppare la sabbia sotto la persona ferita. "Io posso aiutarla, stupido. Sono un fottuto dottore. Aiutare è il mio *lavoro*."

"Tu?" chiese l'altro uomo stupito.

O Tark mollava la presa o mi sarei dovuta liberare. Non risposi all'altro uomo, ma invece dissi "Ha immediatamente bisogno di un laccio emostatico." Mi misi in ginocchio nella sabbia per analizzare la ferita. Senza guardare in su urlai "Trovate delle pinzette, un ago e del filo."

I tre uomini si fermarono per un attimo.

"Ora!" strillai.

"Procuratele ciò che le serve," ordinò Tark, e gli altri si mossero per obbedirgli.

Afferrai l'orlo della mia lunga tunica e ne strappai un lembo. Infilandolo sotto la sua gamba glielo avvolsi attorno alla coscia, sopra il taglio che spruzzava sangue. Non avevo idea di come fosse sopravvissuta fino ad allora. Tirando la striscia feci un nodo stretto per fermare il flusso di sangue.

"La sua arteria femorale è stata tagliata. Forse spostarla ha peggiorato la situazione fino a strapparla." Non importava come fosse successo, doveva essere sistemata.

Ero grata per la scarsa lunghezza della veste tradizionale che indossava, con l'estremità inferiore mezza coperta di sangue. La parte superiore della veste era simile alla mia ma, invece di coprirla, era aperta sul terreno sotto di lei.

Infilai le dita nella ferita e trovai rapidamente il punto reciso. "Datemi le pinzette." Guardai in su verso Tark coprendomi gli occhi dal sole. Era una sagoma scura sopra di me, ma sapevo che era lui. "Pinzette." ripeté. "Ho bisogno di un qualche morsetto per tenere l'arteria chiusa mentre la ricucio."

Prima che potesse muoversi, l'uomo che ci aveva accolti ci raggiunse correndo e mi diede delle specie di pinzette. "Queste dovrebbero andare bene." Con le dita scivolose bloccai l'arteria. "Mi serve qualcuno che le mantenga."

Tark si inginocchiò accanto a me, spalla contro spalla, e le tenne in posizione. "Mantienile chiuse."

"Ago e filo?" chiesi.

Accanto a me comparse l'ago con il filo già inserito e pronto per l'uso. Sporgendomi in avanti, ricucii attentamente e metodicamente il piccolo foro. Ci vollero solo pochi punti, ma quei piccoli nodi erano la differenza tra la vita e la morte.

"Allenta il morsetto, ma non spostarlo. Ti voglio pronto per stringerlo di nuovo in caso la sutura non dovesse reggere."

Tark allentò la presa sul morsetto e guardò se i punti tenevano. Sapevo che c'erano degli uomini in piedi accanto a noi, ma non mi interessavano, ero concentrata solo sull'arteria della donna.

"Può essere curata con quella specie di... bacchetta dell'unità medica? Chiesi con le mani sulla ferita, pronta ad aggiungere punti se fossero serviti.

"Sì, ora che il sangue si è fermato."

Non sapevo chi avesse parlato, ma Tark si alzò.

"Usate la bacchetta ReGen su di lei prima di provare a muoverla di nuovo. Cercate di sistemare il più possibile la ferita in modo da diminuire le possibilità che si riapra. Solo dopo che l'arteria sarà messa a posto potrete rimuovere il laccio emostatico. Ma siate rapidi o perderà la gamba." Agitai la mia mano insanguinata per aria. "Medicate quell'arteria e siate molto, molto cauti nel portarla in quella specie di capsula di cui parlavate."

Diversi uomini presero il mio posto accanto alla paziente. Fu solo allora che vidi il suo volto – e che prestai attenzione a qualcosa che non fosse la ferita – e riconobbi Mara. Avevo gli avambracci ricoperti del suo sangue. Fui grata di vedere che ce l'avrebbe fatta. Poteva anche essere una stronza totale, ma ciò non significava che dovesse morire.

Mi allontanai da lei dal momento che era stabile e aveva assistenza. "I pazienti sono stati messi in ordine di priorità, chi è il prossimo?" Guardai in su aspettando una risposta. Nessuno rispose, per cui guardai gli altri feriti. "Chi rischia di morire se non viene assistito immediatamente?"

Una mano puntò dietro di me ed io mi girai in quella

direzione per avvicinarmi al prossimo paziente. Non so dire quanto lavorai, ma ci volle del tempo per stabilizzare un uomo che aveva un polmone perforato. Usando un semplice foglio di una sostanza plastica attaccato a una strana tavoletta elettronica fui in grado di creare un sigillo di fortuna da applicare alla ferita per far respirare meglio l'uomo. Una volta stabilizzato, fu portato all'unità medica per essere sottoposto al ReGen. Non sapevo cosa fosse una capsula di rivitalizzazione, ma suonava come qualcosa che avrei voluto vedere.

I feriti rimasti furono trasportati all'unità medica su delle semplici barelle. Steccai una gamba rotta, ma gli strumenti di Trion riuscirono a curarla meglio di quanto avrei potuto fare con un'ingessatura, cosa impossibile nel mezzo del deserto, per quanto fossi competente.

Quando l'ultimo ferito fu andato via, Tark si avvicino insieme a degli altri uomini. Dovevo essere una strana visione. Avevo il sangue fino ai gomiti, la veste strappata con l'orlo penzolante dalle mie spalle, e incrostazioni di sangue sul davanti della sottoveste. Stavo sudando e i capelli mi si appiccicavano alla fronte e al collo bagnati.

Ero stanca, affamata e accaldata, e l'adrenalina era svanita, lasciandomi con un umore per niente disposto ad essere portata di nuovo nell'harem o legata a un asta per sentirmi chiamare assassina. Mi si rizzarono i peli sul collo quando l'uomo che ci aveva accolti parlò.

"Sono il Dottor Rahm. È stato piuttosto notevole."

Sollevai il capo guardando l'uomo con sorpresa.

"L'Alto Consigliere Tark mi ha detto che eri un

medico sulla Terra. Guardarti lavorare è stato incredibile. Le tue abilità sul campo sono oltre quelle di qualsiasi tecnico chirurgico qui su Trion e sono grato che ti sia trovata qui per aiutarci. Temo di essere diventato troppo dipendente dalla nostra tecnologia. Grazie per averci assistito oggi."

Mi schiarii la gola, secca e assetata. "Grazie."

"Ho sentito che il primo dei feriti è stato completamente guarito nell'unità medica, gli altri sono quasi del tutto rivitalizzati. Anche la donna con la ferita alla gamba."

Non potei che sorridere, sapendo che le mie abilità erano state utili, che le persone erano sopravvissute grazie a me.

"Buono a sapersi."

L'uomo mi guardò incuriosito, ma non come gli altri uomini del consiglio.

"Vorrei parlarti ancora, forse puoi insegnare a qualcuno di noi qualcuna delle tue abilità. Il lavoro che hai fatto con le suture..."

"Dottor Rahm, la mia compagna è ovviamente stanca." La voce protettiva di Tark interruppe l'uomo. "Potrà parlarle in un altro momento. Ha bisogno di un'unità di lavaggio e di cibo, altrimenti servirà anche a lei una rivitalizzazione."

Mi inchinai leggermente. "Ma certo. Perdonatemi. Non ho mai visto qualcuno con le sue abilità qui su Trion."

"Organizzerò un incontro, se per te va bene, Eva."

Tark si stava rimettendo a me, il che era sorprendente. Era stato lui ad avere il controllo della relazione. Ed io ero quella sottomessa. Questo cambiamento fu una sorpresa.

"Sì, certo."

"Fino ad allora, grazie." L'uomo s'inchinò, non a Tark, ma a me, e si ritirò.

Tark si chinò in modo da sussurrarmi all'orecchio. "Sembra, *gara*, che io non sia il solo affascinato da te."

8

*E*ro completamente stupito dalla mia compagna. Una volta tornati alla mia tenda la aiutai a togliersi i vestiti insanguinati, lasciandoli cadere in un mucchio sudicio per terra. Ripensai a come aveva aiutato quelle persone ferite. Il modo in cui aveva abilmente salvato la vita a Mara era stato sbalorditivo, esaltante e intenso.

Una bacchetta ReGen non era servita con una ferita di quelle dimensioni. Le bacchette sono fatte per trattare piccoli tagli ed escoriazioni, cose che non richiedono un uso completo delle unità di rigenerazione. Il Dottor Rahm non era stato in grado di aiutare Mara. La gente di Trion non moriva molto spesso per tipi di ferite come quella di Mara. Avevamo strumenti medici che risolvevano rapidamente ed efficacemente la maggior parte delle emergenze. In questo caso particolare, sia per via della posizione remota, che per altri fattori, gli strumenti erano stati inefficaci. Le abilità di Eva erano ciò che mancava, ciò che i nostri medici avevano bisogno di imparare. Agitare dispositivi medici non aveva fatto granché. Forse questo poteva essere un argomento per l'Alto Consiglio. Se le abilità manuali di Eva potevano salvare una persona di Trion dalla morte, allora avrebbero potuto addestrare i nostri tecnici medici.

Aprii la porta della capsula di lavaggio per Eva ed impostai l'unità per un ciclo completo. "Ricordati di chiudere gli occhi," mormorai, rammentando la prima volta che aveva usato la macchina senza sapere cosa fare. Era stata un'esperienza spaventosa per lei. Mi aveva detto come faceva il bagno sulla Terra, e sebbene fosse un modo arcaico, l'idea di avere le mani insaponate sul suo corpo nudo mi faceva venire il cazzo duro. "Il sangue verrà via e sarai ripulita senza dover strofinare."

Questa volta era molto più docile, una combinazione di familiarità e stanchezza.

Ero stato in numerose battaglie e ricordavo la sensazione di tensione nell'aria. L'alta posta in gioco. La questione di vita o di morte e l'adrenalina nelle vene mi aveva tenuto in subbuglio per ore. Dopo di che se n'era andata lasciandomi svuotato, come se l'energia mi fosse stata lavata via nell'unità di lavaggio.

Sebbene Eva non fosse stata in battaglia – era completamente al sicuro con me e le guardie che aveva attorno – aveva avuto una reazione simile. Si era presa cura di chiunque ed ora toccava a me prendermi cura di lei.

Una volta finito il lavaggio, uscì dalla capsula senza neanche una traccia di sangue. La sua bellezza toglieva il fiato. La sua mente e la sua intelligenza ispiravano rispetto. Ero più sbalordito che mai dalla mia compagna.

"Sta' ferma, *gara*."

Afferrando la catena, sganciai i morsetti che la tenevano collegata agli anelli dei capezzoli, prima un lato e poi l'altro.

Mi osservò e poi guardò in su accigliata. "Perché lo stai facendo? Mi stai... lasciando andare?" La paura le sbiancò tutto il colore dalle guance.

"Oh, *gara*, no." Passai un dito sulla sua pelle morbida e pallida. "Voglio adornarti in un altro modo. Mi sei piaciuta oggi. Mi hai fatto vedere te stessa... me... le cose... in un modo nuovo."

La presi per mano e la condussi al mio letto, la feci sedere al centro sopra le lenzuola e le pellicce. Sollevai il coperchio del piccolo forziere al lato del letto e ne trassi delle gemme.

"Non sono sicuro dei costumi della Terra, ma su Trion un uomo adorna la sua compagna con gioielli."

Annuì. "Sulla Terra di solito lo si fa con un anello."

Guardai le sue dita nude. Dita che poco tempo prima erano imbevute di sangue. In quel momento realizzai qualcosa di importante. Forse l'avevo sempre saputo, ma le sue azioni di oggi me l'avevano confermato. Aveva le mani di una guaritrice, non di un'assassina.

"Tu non sei un'assassina."

Aggrottò la fronte formando una V tra le sopracciglia. "Cos'ha a che fare con i gioielli?" chiese.

Guardai in basso verso le gemme verdi nella mia mano. "Niente." La guardai negli occhi. "Il tuo crimine. Hai detto di aver commesso un omicidio."

Non rispose, dal momento che non le avevo posto una domanda.

"È falso, vero? L'abbinamento, so che l'abbinamento è esatto. La nostra connessione – indicai noi due – non è una menzogna."

I suoi occhi si riempirono di lacrime. "No. Non siamo una menzogna."

"E il resto?" chiesi con voce calma. Sentivo come se tutto il peso di Trion fosse nella sua risposta.

"Bugie," sussurrò con una lacrima che le scivolava sulla guancia. La asciugò con il dorso della mano.

Sospirai di sollievo.

"Dimmi. Dimmi tutto."

Mi sedetti sul tappeto davanti a lei per farmi raccontare cosa fosse successo.

"Lavoro in un ospedale, un'unità medica della Terra. Le persone ci vanno se sono malate o ferite, come quelle di oggi. Io salvo vite. È il mio lavoro. Una notte arrivò qualcuno a cui avevano sparato." Mi descrisse ciò che significava, il tipo di arma usata. "Era stato stabilizzato ed era pronto per andare in una camera. Sulla Terra ci vogliono giorni o settimane per guarire. Mentre aspettava, qualcuno è entrato nell'ospedale e l'ha ucciso. Faceva parte di una famiglia mafiosa – una famiglia che fa cose cattive – e la sua morte era necessaria per sistemare una qualche lotta per il territorio tra le famiglie. Quella parte della storia non è importante, lo è solo il fatto che io sia stata l'unica testimone, l'unica a vedere l'assassino attraverso la tenda che separava il suo letto dagli altri."

Strinsi le gemme nella mia mano. L'idea di Eva così vicina ad un assassino – un vero assassino – mi aveva fatto venire l'impulso di farmi trasportare sulla Terra e dare la caccia a quell'uomo.

"Non mi vide, non sapeva che ero lì. All'arrivo della polizia fummo tutti interrogati e potei identificare l'uomo. Venne fuori che era ricercato per diversi crimini del genere, ma non erano mai riusciti a condannarlo. È un assassino rinomato, con molte morti per cui pagare. Ed io sono l'unica in grado di fermarlo. La mia testimonianza lo incastrerebbe, smontando una famiglia mafiosa molto potente e con molte conoscenze."

Il timore mi strinse le budella quando capii dove sarebbe andata a finire la storia. Sapevo la prossima cosa che avrebbe detto.

"Ti hanno mandata via per tenerti al sicuro, così che l'assassino non potesse raggiungerti."

L'avevano mandata fino a Trion.

Fece di sì con la testa. "L'unico modo per farlo era unirmi al Programma Spose Interstellari come criminale. Sulla Terra le pratiche per i peggiori criminali vengono accelerate, per cui il mio abbinamento è stato fatto rapidamente."

Ero arrabbiato. Persino furioso. Eva era stata costretta a mettere da parte la sua vita e lasciare il suo pianeta perché aveva assistito a un crimine. "Sei tu quella innocente, e al posto di quel fark sei stata trasformata tu nella criminale, nell'assassina. In quello di cui ti accusavano Bertok e gli altri."

Deglutii rabbia amara.

"Sì, ma sono stata abbinata a te." replicò.

La guardai intensamente. Aveva ragione. Eravamo stati abbinati a causa di questa situazione casuale. Non sarebbe mai successo altrimenti. Non sarebbe *mai* stata una criminale e non sarebbe mai stata messa nel Programma Spose Interstellari. Era destino? A me sembrava che lo fosse.

"Allora non importa. Niente di tutto ciò. Sei qui, al sicuro e lontana dal pericolo della Terra."

Si avvicinò a me. I suoi occhi chiari erano cupi anziché essere sollevati.

"Devo tornare indietro."

Mi alzai immediatamente. Le sue parole furono come un colpo al mio plesso solare. "Cosa?"

Non poteva andarsene e basta. Era appena arrivata. L'avevo appena trovata. Era mia e non l'avrei lasciata andare.

"Devo testimoniare. Ho un nodulo di trasporto personale impiantato nel cranio." Portò la mano su di un punto dietro il suo orecchio. "Quando sarà il momento, mi riporterà indietro per testimoniare. Di solito tutti gli abbinamenti delle spose terrestri sono permanenti, ma ciò non vale per me. Hanno intenzione di riportarmi sulla Terra per il processo. Devo tornare."

"Quando? Perché non me lo hai detto?"

"Non so quando. Hanno detto che il processo sarebbe stato entro un paio di mesi. Avrei dovuto integrarmi qui su Trion e restare nascosta fino a quando non mi avessero chiamata."

"No. Non lascerò che ciò avvenga. Farò togliere il nodulo al Dottor Rahm."

Scosse lentamente la testa. "Non funziona così. Era parte dell'accordo. Volevano tenermi in vita per testimoniare. Ovviamente volevo restare viva, per cui ho accettato. Non sapevo dove o da chi mi avrebbero mandato. Non sapevo niente, proprio come te. Li ho convinti ad accettare di portarmi indietro, non solo per testimoniare e mettere quell'uomo in prigione, ma perché avevo bisogno di un modo per tornare a casa."

Il cuore mi batteva così forte che ero sicuro che Eva potesse sentirlo. Mi faceva male all'idea di lei lontana così tanti anni luce. Non sopportavo nemmeno che fosse nell'harem dell'avamposto.

"Ed ora? Vuoi andare a casa?"

"Io... io non lo so."

La sua indecisione mi piacque. Non aveva detto di sì. Non faceva i salti di gioia al pensiero di tornare sulla Terra. Sembrava persa e confusa. Se voleva rimanere, allora avrebbe dovuto rinunciare al suo mondo e al suo stile di vita per sempre. In quanto condannata non aveva scelta, eppure aveva sempre saputo di poter tornare a casa. La cosa era un conflitto per lei.

Era mio dovere convincerla, farla rimanere. Forse poteva leggere i miei pensieri, perché disse "Devo andare. Non ho scelta. La tecnologia di teletrasporto mi porterà indietro. Non so neppure quando succederà."

Ci doveva essere un modo. Dovevo scoprire come fare a tenerla qui. Per ora, avrei dovuto dimostrarglielo, farle svanire i dubbi dalla mente. Doveva sapere che era mia. L'avevo detto e ridetto, le avevo fatto pressioni, l'avevo persino obbligata ad abituarsi all'idea. Ora era il momento di mostrarle i miei veri sentimenti, per convincerla a restare, per il bene della connessione che ci legava.

Tornai vicino al letto, le sollevai il mento tra le dita finché i nostri sguardi non si incontrarono. Rimanemmo così.

"Eva è il tuo vero nome?"

"Sì."

"Non importa che il programma ci abbia abbinato. L'unica cosa che importa è ciò che pensiamo. Io so che tu sei la mia compagna perfetta. Lo *sento*."

Le lacrime le scesero giù per le guance. Mi inginocchiai davanti a lei ed aprii la mano.

"La catena tra i tuoi seni ti ha marchiata come mia affinché tutti lo vedessero, ma era un simbolo del mio potere su di te. Lo hai visto di persona alla riunione, prima. Anche se ho provato la mia possessività ai consiglieri, ciò è stato a tuo discapito."

Agganciai una delle gemme verdi all'anello sul suo capezzolo destro, poi feci lo stesso con quello sinistro.

"Ora sei di nuovo marchiata come mia. Questi, comunque, spero..." alzai lo sguardo dai suoi capezzoli ai suoi occhi, "...li indosserai perché sei fiera di essere mia. Mostrano che anche io sono tuo."

Senza la catena era ancora più adorabile. Le gemme facevano brillare la sua pelle candida e i suoi capelli come fuoco. Il mio cazzo pulsava nei pantaloni, ricordandomi che, sebbene il mio cuore volesse dirle le mie emozioni, il mio cazzo voleva *dimostrargliele*.

"È troppo," replicò.

Aggrottai la fronte e presi in mano i suoi seni. "Sono troppo? Fanno male?" La sua pelle era come la seta più sottile, le mie mani così rozze e scure contro la sua tenera carne.

Scosse la testa. "Le gemme. Sembrano preziose."

La mia preoccupazione si attenuò. "*Tu* sei preziosa." Sorrisi, pronto a risollevarle il morale. Non condividevo spesso i miei sentimenti con gli altri – se mai lo avessi fatto – ed ero pronto a passare a una dimensione più carnale con Eva.

"Gli anelli che indossavi facevano questo?" Passai la mano davanti alle gemme e queste iniziarono a vibrare. La parte che collegava la gemma all'anello era uno stimolatore che potevo controllare.

"Oh," sussultò. "Hai... hai molti tipi di giocattoli."

"Giocattoli? Come quelli dei bambini?"

I suoi occhi si chiusero e lei spinse in fuori i suoi seni.

"No, giocattoli per... il sesso. Come le stimosfere."

Accarezzai la parte inferiore di un seno e lei mi guardò. "Mmm, ti sono piaciute tanto, immagino, soprattutto se le consideri dei giocattoli. Ti piacciono i giocattoli sessuali?" Sebbene fossimo stati connessi, avevo tanto da imparare.

"Non li ho mai usati con un'altra persona prima d'ora."

Mi piacque il modo in cui pronunciò quella frase. Mi faceva pensare che quella donna avesse desideri ben più avventurosi di quanto credesse. Forse non aveva mai avuto l'opportunità di testare i suoi limiti, problema al quale avrei decisamente rimediato ora. "Eva, *sei* una cattiva ragazza." Sorrisi. Piegandomi su un gomito mi allungai di nuovo verso il piccolo scrigno. Ne tirai fuori una varietà di giocattoli sessuali e li misi sul letto.

"Ecco, hai il permesso di giocare con questi mentre sono nella capsula di lavaggio, ma non venire. Il tuo piacere appartiene a me." Presi uno dei giocattoli e lo passai a lei, poi andai a lavarmi.

Al mio cazzo non importava se ero pulito o meno, ma volevo lasciarle qualche minuto per giocare da sola con quegli oggetti prima che io iniziassi a usarli tutti, ogni singolo oggetto, su di lei.

———

"Non ne hai trovato nessuno che ti piace?" chiese Tark

uscendo dall'unità di lavaggio. Distolsi lo sguardo dalla selezione di giocattoli sessuali spaziali e la saliva mi si seccò in bocca. Non avevo ancora visto Tark completamente nudo. In piedi davanti a me c'era un guerriero. Aveva un aspetto letale, così oscuro e minaccioso, e con la sua mole e i suoi muscoli formidabili non ce n'era per nessuno. Non c'era da stupirsi che mi fossi sottomessa così facilmente a lui. Irradiava potere e, a giudicare da come la mia fica iniziava a pulsare e ammorbidirsi per lui, sprizzava feromoni da tutti i pori.

"Oh, io... uhm."

Sorrise alla mia mancanza di parole. Inclinando la testa indicò una cosa che avevo dimenticato di avere in mano. "Vuoi che ti dica cosa sono quelli, o che te lo mostri?"

Guardai gli strani marchingegni. Uno sembrava un vibratore, ma era formato da più livelli di sfere, strette in cima e più larghe alla base, da dove lo tenevo in mano. L'altro era a forma di U, era fatto di metallo liscio e non avevo idea di come funzionasse o di dove andasse messo. Non riuscivo a farlo vibrare né niente.

Mi inumidii le labbra. "Mostrami."

Avvicinandosi sul letto scivolò accanto a me e lo prese. Con lo sguardo verso il basso picchiettò con le dita una delle gemme sui miei capezzoli. "Ti piacciono?"

"Mmm", mormorai. Il peso delle gemme era inferiore a quello della catena, e mi sentivo quasi nuda senza di essa. Ma la catena non vibrava, non faceva nulla eccetto che tirare costantemente. Le gemme mi fecero inturgidire i capezzoli quasi istantaneamente dopo che Tark aveva avviato le vibrazioni. Prendere i seni in mano, anche premere sui capezzoli con i palmi delle mani, non servì ad attenuare la sensazione creata dalle gemme. Non sapevo quanto avrei resistito a una tortura così semplice. Ora l'uomo aveva intenzione di usare qualche strano giocattolo su di me. Non ero sicura che sarei sopravvissuta. Ma volevo provarci.

"Sulla pancia."

Quando lo interrogai spalancando gli occhi disse "Ricordati, *gara*, ti tratterò come una mia eguale fuori da queste mura – fin tanto che la tua sicurezza non è a repentaglio – ma quando si tratta di scopare, ti devi sottomettere a me. Sempre."

La sua voce era delicata, ma ne percepivo il tono autoritario. Si era fatto da parte e aveva fatto quanto chiedevo mentre curavo Mara, allontanandosi e lasciandomi fare il mio lavoro fino a che tutti i pazienti non erano stati curati. Ero stata al comando e lui lo aveva accettato. Ma qui, nella sua tenda, era lui a dominare. Lo permettevo non solo perché era vero, ma perché anche io lo volevo. Volevo che Tark mi dicesse cosa fare, che prendesse il controllo, che mi legasse e facesse a modo suo. Volevo persino che mi sculacciasse. La cosa mi eccitava, mi piaceva. Soddisfaceva un desiderio dentro di me che non sapevo di avere. I test del programma spose avevano scavato a fondo dentro di me, in posti che tenevo nascosti persino a me stessa. Quindi non feci domande. Mi girai facendo attenzione alle gemme sul lenzuolo.

"Alzati sui gomiti se vuoi. Anzi, mi piacerebbe che lo facessi, perché adoro vederti adornata così deliziosamente."

Con il peso sugli avambracci la mia schiena si inarcava e i seni spingevano all'infuori. Sì, a giudicare da come i suoi occhi si fecero scuri e le palpebre si assottigliarono, gli piaceva. Mi sentivo... bella.

La sua mano mi passò sulla schiena, correndo sulle vertebre della mia spina dorsale fino a raggiungere una natica.

"Così perfetta."

"Non mi sculaccerai, vero?" chiesi, tesa nell'attesa del primo colpo risonante. Mi piangeva la fica solo all'idea.

I suoi occhi passarono dalla sua mano fino al mio viso. "Vuoi che lo faccia?"

Feci segno di no con la testa, pur sapendo che non era del tutto vero.

Prese il giocattolo con le sfere. "Questo, questo ti riempirà il culo e ti allargherà per accogliere il mio cazzo."

Strabuzzai gli occhi, vedendo quel giocattolo in un modo completamente nuovo.

Sorrise, lo lasciò sul letto e prese quello a forma di U. "Allora questo." Lo sistemò tra le due fossette sul mio fondo schiena. "Durante la prima scopata ti ho toccata qui." Fece scivolare le dita tra la fessura in mezzo alle natiche e sul mio buco di dietro. "No, *gara*, non ti irrigidire. Rilassati."

La sua mano si spostò, perché aveva raggiunto

qualcos'altro tra la pila di giocattoli che aveva lasciato sul letto. Era una fiala di qualche tipo, e quando si spostò in modo da avere entrambe le mani libere iniziai a preoccuparmi. Non avevo idea di cosa stesse per fare, a cosa servisse quella cosa, ed ero così preoccupata ed eccitata allo stesso tempo. Mettendo la fiala sottosopra, gli gocciolò del liquido trasparente sulle dita. Aveva un profumo familiare. Mandorle.

Sapevo dove sarebbero finiti i giocattoli, quindi provai a rilassarmi. Guardai da sopra la mia spalla lui che mi apriva le natiche e sentii il fluido viscoso scivolarmi *lì*.

Mentre tracciava un cerchio con le dita, molto lentamente e delicatamente, mi sussurrò "Shh, brava ragazza, respira. Sì, rilassati. Sei venuta con un mio dito dentro di te. Immagina come sarà quando il mio cazzo sarà ben a fondo dentro di te. Questo è molto più piccolo dell'altro giocattolo. È diverso. Fidati di me."

Mi fidavo di lui, ma non potevo fare altro che irrigidirmi al pensiero del suo cazzo che mi riempiva... lì. Rise di me, ma non me ne preoccupai. Be', non di quello. Ero molto *preoccupata* per le sue attenzioni.

Prese la fiala e la mise direttamente sull'ingresso del mio buco vergine, facendone facilmente entrare la punta dentro. Era molto piccola, per cui anche se ero contratta entrò senza problemi. Sentii un fluido caldo dentro di me. Aveva un odore dolce ma forte, abbastanza forte da riportarmi alla mente il sogno del centro di smistamento. Dio, avevo sognato l'odore di lubrificante anale?

Questo ti lubrificherà, *gara*, non ti farò mai male.

Ecco. Lo senti? Sì, è caldo e faciliterà l'ingresso del mio dito, o del giocattolo, e specialmente del mio cazzo."

Non sapevo quanto liquido mi avesse messo dentro, ma lo sentii andare piuttosto in fondo e il suo calore era sorprendente. Non faceva affatto male, ma sapevo fino a che profondità aveva intenzione di riempirmi. Sperai che mi preparasse non solo con del lubrificante.

Forse parte dell'abbinamento comprendeva la capacità di leggere il pensiero, perché disse "Niente cazzo oggi, *gara*. Non sei pronta... non ancora. Ma presto lo sarai. Presto mi avrai in ogni posto. Avrò ogni parte di te."

Sussultai all'idea e al tono bramoso delle sue parole. Tolse il giocattolo dal mio fondoschiena e mi divaricò le natiche di nuovo. Questa volta, invece del suo dito, sentii il metallo freddo premermi contro. Lo fece scivolare in cerchio e lo premette allo stesso tempo, continuando a sussurrarmi. Parole di elogio, parole di desiderio che mi rilassavano, che facevano scivolare agilmente l'oggetto nel mio culo divaricandomi contemporaneamente.

Una volta violatami in quel posto, Tark non aveva finito e realizzai il perché dell'oggetto a forma di U. L'altra estremità scivolò facilmente e senza problemi nella mia fica. Andò sempre più a fondo finché non fui riempita avanti e dietro dal metallo duro. Non era grosso come Tark, per cui mentre il mio corpo si avvinghiava attorno all'oggetto estraneo, sapevo che non era abbastanza.

Tark mi accarezzò il sedere con la mano. "Come ti sembra?"

Lo guardai, il guerriero si era trasformato in un amante. Il suo cazzo si elevava grosso e fiero dal suo corpo, e sapevo che avrebbe voluto essere lui dentro di me al posto del giocattolo.

"È... in fondo. Ma non è grande quanto te."

Fece un sorriso malizioso. "Mi lusinghi, *gara*. Mi piace. Ma il mio cazzo può fare questo?"

All'improvviso il metallo iniziò a vibrare.

"Merda!" strillai, le mie braccia cedettero e caddi sul letto. "Ma... ma tutto su Trion vibra?" chiesi sussultando.

Non riuscivo a restare ferma. Dovevo muovermi, perché il giocattolo a U stava colpendo ogni punto sensibile dentro di me, anche punti che non sapevo nemmeno di avere. Sentire qualcosa così in fondo al mio culo avrebbe dovuto essere spiacevole, ma sembrava il paradiso. Questo, questo era come il mio sogno. Il piacere intenso, il profumo di mandorle. Oh, mio Dio, stavo per venire. Sollevai il sedere per aria facendolo ondeggiare, caddi su un lato e mi strinsi i seni, cercando di placare le fitte che li attraversavano.

"Tark!" urlai.

Mi guardò avidamente agitarmi sul letto, ovviamente soddisfatto di sé.

"Padrone," disse con voce profonda.

Mi girò di schiena, mi aprì le gambe e ci si piazzò in mezzo. Non fu delicato, ma non volevo che lo fosse. Le sensazioni erano incredibili, e stavo morendo per l'estasi. Il sudore mi usciva da tutti i pori e il cuore mi andava all'impazzata. Riuscivo appena a riprendere fiato, figurarsi urlare.

Gli occhi mi si chiusero e mi abbandonai al piacere. Non mi accorsi che aveva messo la testa tra le mie cosce fino a che non sentii la sua bocca chiudersi sul mio clitoride. Alzai la testa per guardarlo. Mi stava osservando, la sua bocca umida e luccicante per i miei umori.

"Padrone," urlai.

"Hai bisogno di venire, Eva?"

Batté la lingua sul mio clitoride, con il respiro che soffiava sul mio bocciolo sensibile. Mi afferrò i fianchi con le mani per farmi smettere di contorcermi.

"Sì."

"Dillo."

"Voglio venire... padrone."

"Brava ragazza. Ora puoi venire."

Mi mise la bocca addosso e iniziò a succhiare, con la lingua che mi sbatteva contro. Non avevo idea di cosa stesse facendo e non mi importava. Era bravo con la bocca tanto quanto con le dita e con il cazzo.

Venni urlando. Fu così intenso che le mie cosce si strinsero attorno alla testa di Tark. Gli avrei potuto di certo frantumare il cranio come una ghianda, ma non m'importava. Le vibrazioni nel mio culo erano così incredibile da farmi scendere le lacrime. Non ce la facevo. Era troppo. Tra il culo, la fica e l'assalto spietato di Tark al mio clitoride, venni di nuovo. E poi ancora.

"Basta. Basta!" urlai. Stavo morendo di piacere.

All'improvviso le vibrazioni del giocattolo a U e delle gemme ai capezzoli si attenuarono per poi fermarsi del tutto. Tark continuò a leccarmi il clitoride, ma piano, come per calmarmi.

"Questo è tutto ciò che il tuo corpo può darmi, *gara*?"

"Sì." Non riuscivo a respirare, non riuscivo a pensare. Ero fuori di testa, il mio corpo non era più mio, era suo.

"Sì, cosa?" Prese il mio clitoride tra i denti, piano, ed io gemetti, il mio corpo una massa contorta di nervi estremamente stimolati.

"Padrone. Sì, padrone." Era il padrone del mio corpo, ed ora, temevo, era anche il padrone del mio cuore. Mi fidavo di lui. Mi faceva sentire al sicuro e accudita, protetta e adorata. Con lui non dovevo nascondere il mio desiderio o il mio fuoco, tra le sue braccia potevo tirare fuori tutto. Sarei potuta cadere e lui mi avrebbe presa.

"Di chi è il tuo piacere, Eva?"

Era una domanda trabocchetto? Estrasse per metà il giocattolo dentro di me, poi lo rimise lentamente dentro. I miei fianchi si sollevarono di propria iniziativa contro la sua bocca. Il mio corpo era come uno strumento accordato alla perfezione, e lui lo stava suonando. "È tuo, padrone."

"Sì, lo è." Sorrise, appena prima di riattivare le vibrazioni. "E te lo dirò io quando ne avrai avuto abbastanza." Tark iniziò a muovere il giocattolo andando all'attacco del mio clitoride con la lingua, poppando e scopandomi con i giocattoli fino a che non mi fui inarcata sul letto come la corda di un arco, impossibilitata a resistere alla dominanza carnale che aveva sul mio corpo mentre mi portava verso un altro apice. Non riuscendo a urlare, piagnucolai quando l'orgasmo arrivò con la furia di un tornado che mi squarciava dentro.

Prima che potessi riprendere fiato, estrasse il giocattolo dal mio corpo ben sfruttato e lo gettò da parte. Mettendosi sulle ginocchia, Tark si sistemò tra le mie cosce spalancate. Mi prese una mano e me la portò sopra la testa, poi l'altra, tenendole ferme mentre le assicurava con una spessa corda di cuoio. Diedi uno strattone alla presa e capii che non mi avrebbe liberata. Mi avrebbe presa come voleva lui. La mia fica si stringeva attorno all'aria vuota, con il dolore dell'eccitamento che ne facevano pulsare le labbra al ritmo rapido del mio cuore. Dovevo essere ciò che voleva lui, per dargli ciò che desiderava.

"Ora è tempo di scoparti."

Feci di sì con la testa, mentre lacrime silenziose fluivano agli angoli dei miei occhi. L'intensità del suo possesso, il suo controllo sul mio corpo, l'orgasmo, era tutto troppo ed io non riuscivo a trattenere le lacrime. Quelle lacrime erano me, la mia anima, l'argine emozionale che si spalancava dentro di me, nella sicurezza del suo abbraccio.

Ero sua, anima e corpo, e non gli avrei negato niente. Anche se il giocattolo era stato incredibile, non era il cazzo di Tark, ed io desideravo che la sua lunghezza mi allargasse completamente. Avevo bisogno della connessione. Avevo bisogno di vederlo stremato, di vederlo perdersi nel piacere che solo il mio corpo poteva dargli. Dovevo sapere che era mio.

Si avvicinò ed entrò dentro di me in un unico colpo, lungo e armonioso. Si appoggiò sugli avambracci così che la sua testa si trovò proprio sopra la mia e mi riempì completamente. Ero inchiodata, con le mani legate sopra la testa e i fianchi spinti dai suoi contro il morbido letto. Non potevo muovermi. Non potevo fare altro che lasciare che mi scopasse.

Restando immobile mormorò: "*Gara.*"

Chinò la testa per baciarmi mentre si muoveva. Scopava e baciava. Era notevolmente delicato e questo... questo era qualcosa di più. Era una conferma che appartenevamo l'uno all'altra.

Mi aveva dato piacere, certo, ma sapevo – *sentivo* – di essere per lui più che una semplice donna da scopare e ingravidare. Era cambiato in quel poco tempo in cui ero stata su Trion. La sua durezza, gli angoli e gli spigoli di frustrazione e potere erano stati smussati. Lo avevo fatto io.

Potevo alleviare la sua preoccupazione, alleggerire il peso che portava sulle spalle in qualità di Alto Consigliere. In quel momento riusciva a perdersi in me, cercando il piacere e il conforto. Non come Alto Consigliere, non come capo della sua gente, non come l'uomo potente in cui così tanti cercavano una guida.

Con me era semplicemente Tark, l'uomo. I suoi movimenti erano fluidi e il dolce sfregare del suo cazzo mi riportò sull'orlo dell'orgasmo, come se il mio desiderio fosse stato un tizzone riportato alla fiamma viva. All'improvviso aumentò il ritmo, come cercando di raggiungere qualcosa. Lo capivo.

"Tark. Lasciati andare." Lo chiamai per nome di proposito, per fargli capire che non doveva preoccuparsi di proteggermi in quel momento. Che poteva semplicemente arrendersi al piacere che trovava nel mio corpo, al sollievo che potevo dargli.

Alzò la testa e mi guardò. Il sudore mi imperlava il seno.

"Non posso perdere il controllo. Non perdo mai il controllo." Passò le mani lungo le mie braccia fino a stringermi i polsi. "Non voglio farti male," disse continuando a muovere i fianchi.

Alzando le gambe premetti le ginocchia contro i suoi fianchi in modo che mi potesse riempire ancora più a fondo.

Scossi la testa. "Non mi farai male. *Non puoi.*"

Forse fu il mio tono, o l'espressione sul mio viso, o il modo in cui le mie pareti interne si stringevano sul suo cazzo, ma la maschera scivolò via. La sua faccia si irrigidì, la mandibola si serrò e i suoi occhi si chiusero.

Agganciando il retro del mio ginocchio nella cavità del suo gomito, mi tirò su e mi affondò dentro. Urlai perché mi aveva riempita quasi troppo, ma non si fermò.

"Sì," gridai, facendogli sapere che lo volevo. Sul serio. Lo volevo tutto. Se eravamo stati abbinati così bene, ce l'avrei fatta. Avrei potuto gestire qualsiasi cosa mi avesse dato, *dovevo* accettarlo, completamente.

Dovevo dargli piacere, renderlo felice, sottomettermi al suo desiderio. Mi trovava ogni volta che spingeva dentro di me; strinse la presa sulle mie gambe e sui fianchi, e io risposi spingendolo ai limiti del suo autocontrollo. Il suono del sesso riempiva la tenda – brusco, carnale e bagnato.

"Voglio un bambino, Tark. Il tuo bambino. Dammelo," ansimai. Lo volevo davvero. Volevo che mi desse il bambino che desiderava, quello che avevo sempre voluto ma non avevo mai immaginato. Ero stata sconcertata dal pensiero di venire fecondata, dall'idea che l'unica cosa che Tark cercasse in una compagna fosse la fertilità per dargli l'erede di cui aveva bisogno.

Ma non era quello che stavamo facendo. Non stavamo scopando su un tavolo cerimoniale. Non eravamo osservati o registrati per il centro di smistamento spose. Eravamo solo un uomo e una donna che avevano bisogno l'uno dell'altra, che esponevano i propri desideri, la propria ragione d'essere venendo insieme in quel modo. Ero potente. Potevo trasformare Tark in un animale in calore, bramoso e disperato per raggiungere il sollievo, fino a che nella sua mente c'era solo il bisogno di riempirmi.

"Per favore, Tark."

"Lo vuoi, *gara*?" ringhiò.

"Sì!"

"Mi vuoi? Solo me? Starai con me e sarai la mia compagna?"

Aprii gli occhi. Mi stava guardando. I miei capezzoli

sfregavano sul suo petto per il modo in cui ero stesa, inarcata e con le mani sopra la testa.

Non avevo visto quasi niente di Trion. Sapevo solo che l'Avamposto Nove era primitivo e nel mezzo del deserto. Anche il resto di Trion era così? Erano tutti come Bertok o Mara? Dovevo scoprirlo, finché Tark era con me, accanto a me.

Cos'aveva da offrirmi la Terra? Non c'era nessun abbinamento. Nessun Tark. La decisione era semplice.

"Sì."

Allungando una mano in mezzo a noi, Tark passò il pollice sul mio clitoride, una volta, due volte, fino a farmi venire.

Incurvai la schiena ancora di più e urlai, sentendo Tark gonfiarsi su di me, riempiendomi completamente e urlando per il piacere. Il seme spesso si precipitò dentro di me, riempiendomi fino a farmi traboccare. Avidamente il mio corpo si avvinghiò mungendo il cazzo di Tark e spingendolo in profondità.

"Sì," dissi.

"*Fark,* sì" rispose Tark, cercando di riprendere fiato. Abbandonò la parte superiore del corpo su un lato, così da non avere addosso il suo peso, ma mantenendo il cazzo a fondo dentro di me. Le endorfine del sesso mi facevano sentire euforica e sazia. Con Tark sopra mi sentivo al sicuro, amata e posseduta. Sciolse il nodo ai miei polsi e mi accarezzò la guancia con una mano, asciugando le lacrime che continuavano a cadere.

"Lo so, *gara.* Lo so. Sei al sicuro con me." Mi cullò

e, per quanto la scopata fosse stata selvaggia, ora era diventato un gigante buono che mi teneva al sicuro nella tempesta delle mie stesse emozioni. Non potevo trattenere nulla, il desiderio, il piacere, né gli angoli più profondi e oscuri della mia mente e della mia anima. E lì, tra le sue braccia, non lottavo con le mie emozioni, perché non ce n'era bisogno. La maschera impostami dalla società non c'era più. Mi aveva spogliata completamente e protetta e al sicuro tra le sue braccia.

"Promettimelo, Tark. Non lasciarmi mai," gli dissi.

"*Gara*, sei tu quella che se ne va. Contatterò quelli del programma e vedrò se si può fare qualcosa in modo che io possa accompagnarti sulla Terra e riportati a casa in sicurezza.

Mi irrigidii sotto di lui. "Davvero? Puoi farlo?"

"Farò tutto il possibile per tenerti al sicuro. Sei mia. Comprendo che tu debba fare ciò che è giusto e onorevole. Devi tornare per offrire la tua testimonianza, ma non lascerò che tu affronti un brutale assassino da sola."

Mi strinsi al suo petto con un sospiro di contentezza. Come avevo potuto essere così fortunata, non ne avevo idea. Ma Tark era di certo l'unico uomo con cui potevo immaginare di passare il resto della mia vita. Era la mia anima gemella.

Un leggero ronzio risuonò nella stanza e scossi la testa per riprendere lucidità, mentre una strana voce rompeva il silenzio.

"Il protocollo di teletrasporto per Eva Daily è stato attivato."

Il nodulo di trasporto personale fissato dietro il mio orecchio aveva parlato e potei sentire chiaramente la voce nella mia testa. L'aveva sentita anche Tark?

Tark sfilò il cazzo da dentro di me e mi sollevò facendomi rimanere in ginocchio. "Cos'è stato?" disse, abbandonando tutta la dolcezza e il piacere della nostra scopata. Il suo seme mi colò per le cosce.

"Io... io credo che fosse il nodulo di teletrasporto e penso che sto per essere riportata sulla Terra."

Il cuore iniziò a battermi forte e Tark mi prese per le braccia.

"Ora? Non puoi andartene. Eravamo d'accordo che saresti rimasta." Sembrava agitato, come se questa fosse l'unica cosa fuori dal suo controllo e non ci fosse niente che poteva fare, per quanto avesse lottato o parlato per risolvere la cosa.

"Voglio stare con te," dissi abbracciandolo forte.

"Possiamo rimuovere il trasportatore dal tuo corpo."

Scossi la testa sul suo petto, con i peli riccioluti e morbidi che mi solleticavano la guancia. "Devo far arrestare quell'uomo. È la cosa giusta da fare."

"Conosco cosa è giusto, *gara*, ma è pericoloso. Non devi affrontare da sola questo assassino. Contatterò le autorità della Terra per permettermi di accompagnarti."

"Non credo ci sia il tempo. Dovrei essere al sicuro, protetta dalla polizia e dal pubblico ministero. Mi offriranno la loro protezione," ribattei.

Mi allontanò da sé in modo da potermi guardare negli occhi. "Eppure, prima non avevano fiducia nelle loro capacità di proteggerti. È per questo che ti hanno mandata qui, da me."

"*Trenta secondi al teletrasporto.*"

"Tark, sta succedendo. Mi dispiace," dissi sperando che avrebbe capito. Dovevo mettere le cose a posto sul mio pianeta.

"Non hai fatto niente di male" sospirò, ma sentivo l'intensità della sua presa. "Sappi questo, Eva. Per me non c'è nessun'altra a parte te in questa galassia. Lo sai."

Annuii mentre le lacrime mi scivolavano sulle guance.

"*Cinque.*"

"Mi mancherai," gli dissi.

"*Quattro.*"

"Eva!" spalancò gli occhi.

"*Tre.*"

"Non c'è nessun altro sulla Terra per me," dissi solennemente, sollevandomi per baciarlo.

"*Due.*"

Si scostò, il suo respiro si fondeva col mio. Mi avvolse la nuca con la mano, tenendomi vicina. "Sei la mia compagna, il mio cuore."

"*Uno.*"

"Padrone," dissi, senza sentire più la sensazione del suo tocco, né il suo profumo intenso, e senza poterlo vedere più.

9

Non mi svegliai gradualmente dopo il teletrasporto, come invece avevo fatto la prima volta. Fu come svegliarmi da un brutto sogno, alzandomi di scatto con un sussulto.

"Bene, è sveglia," disse qualcuno. Non era Tark.

Sbattei gli occhi e mi guardai attorno.

Ero in una piccola stanza con una scrivania in legno e delle sedie. Davanti a me c'erano due uomini seduti che mi scrutavano attentamente.

"Robert," dissi, più a me stessa per averlo riconosciuto che non per essere felice di vederlo. Il procuratore distrettuale indossava il suo solito abito ordinato e mi stava guardando intensamente, forse chiedendosi se il teletrasporto non mi avesse riportata deforme, con un arto mancante o magari nuda.

Guardai il mio corpo sbigottita. Non riuscii a trattenere un forte sospiro quando vidi che indossavo una camicetta bianca e una gonna. Sentii le solite scarpe col tacco ai miei piedi, ma non riuscivo a vederne il colore perché erano nascoste sotto il tavolo. Tastandomi i capelli, scoprii che il groviglio disordinato era stato ordinato e raccolto sul retro della mia testa.

"Ti senti bene?" chiese Robert. Guardai lui e l'uomo che aveva accanto.

"Mi dispiace, Eva, questo è l'Agente Speciale Davidson dell'FBI. Ha organizzato lui il tuo trasporto extraplanetario."

Annuii ad entrambi gli uomini. "Robert, io... non sono ancora passati tre mesi. Cos'è successo?" Erano passati solo pochi giorni da quando ero stata mandata su Trion; di sicuro il processo non poteva essere stato anticipato così tanto.

Gli uomini si accigliarono. "Di cosa stai parlando? Eva, sono passati quattro mesi."

"Sicura di sentirsi bene, signora?"

Ero confusa, avevo la mente offuscata. Ero stata su Trion solo per... uno, due, tre, sì, tre giorni. Come potevano essere passati quattro mesi? "Credo... credo che il tempo sia diverso su Trion."

"Sei stata su Trion?" Gli occhi di Robert si accesero, curiosi come quelli di un bambino.

Feci cenno di sì.

"Be', com'è stato? Il programma di abbinamento funziona davvero?"

Pensai a Tark e a come solo un momento prima – almeno per me – mi trovassi tra le sue braccia. Mi abbracciai da sola come se potessi ancora sentirlo, ma non era così. Non era lo stesso. Riconobbi i sistemi di controllo della temperatura degli edifici della Terra. Su Trion l'aria, sebbene calda, non lo era eccessivamente. Era... mite.

Con le braccia premute contro i capezzoli riuscii a sentire gli anelli e le gemme che aveva applicato Tark. Erano ancora lì!

"Sicura di sentirsi bene?" chiese l'agente dell'FBI.

"Sono appena stata teletrasportata da Trion, per favore, datemi un minuto per sistemarmi. Suppongo di essere stata l'unica persona a tornare, dal momento che il programma è di sola andata."

"È così," confermò l'uomo. "Abbiamo programmato il tuo teletrasporto in modo che tu arrivassi in tribunale – come puoi vedere dalla stanza in cui ci troviamo – e fossi vestita in modo appropriato per l'udienza."

Questo spiegava gli anelli e le gemme. L'uomo non conosceva le usanze di Trion, non sapeva quello che mi aveva fatto Tark, per cui non sapeva se gli anelli avrebbero dovuto essere rimossi al mio ritorno. Aveva pensato che dovevo solo essere messa negli abiti giusti per il processo e nient'altro.

Mi sentii sollevata in realtà, perché gli anelli ai capezzoli e le gemme erano tutto ciò che mi restava di Tark. Mi trovavo dall'altra parte della galassia lontana da lui e non c'era niente che potessi fare.

"Sto bene. Vorrei un bicchiere d'acqua, dopo di che

potremo andare e dirò tutto quello che volete. Poi vorrei andare a casa."

Stavo per piangere, ma trattenni le lacrime. Non potevo piangere in quel momento, davanti a quegli uomini. Non potevo fargli sapere che mi ero innamorata del mio compagno, che volevo rimanere su Trion. Ora non importava. Avrei fatto la cosa giusta, messo quell'uomo dietro le sbarre, e sarei tornata al lavoro e alla mia vita.

———

Una settimana dopo, il processo era concluso. L'uomo era stato giudicato colpevole e mandato in prigione. La sentenza sarebbe stata emessa nei prossimi mesi, ma la mia parte era finita. Poiché non ero realmente Evelyn Day il mio registro personale non mostrò mai la mia condanna di copertura e l'invio al programma spose. Anziché ritornare alla mia vita come avevo pensato – e come mi era stato detto prima di partire per Trion – ero stata messa nel programma di protezione testimoni. La minaccia alla mia vita non era scomparsa con la fine del processo. Quell'uomo aveva messo una taglia sulla mia testa e non ero al sicuro.

L'agente dell'FBI mi scaricò in una piccola cittadina dell'Iowa con un nuovo nome, impossibilitata a fare il medico. Mi fu dato un lavoro come bibliotecaria della scuola. Tark mi mancava terribilmente, notte e giorno. Me ne stavo a letto la notte – in una strana nuova casa – e giocavo con le gemme sugli anelli ai miei capezzoli. Per quanto ci provassi non riuscivo a farle vibrare. Mi rifiutai di rimuoverle, perché erano parte di me. Dovevo solo indossare reggiseni imbottiti e fare attenzione nella scelta delle magliette, al di là di quello nessuno ne seppe niente. Non avevo nessuna intenzione di farle notare, cosa avrei potuto dire?

Erano mie. mie e di Tark, ed erano una cosa privata. Avevo ancora la fica nuda. All'inizio avevo pensato di essere stata rasata, ma in quei pochi giorni su Trion e dopo il rientro sulla Terra non mi era ricresciuto nemmeno un pelo tra le gambe. Mi toccai laggiù e, proprio come con le stimosfere, per quanto potessi giocare con il mio clitoride, non riuscivo a raggiungere l'orgasmo. Avevo bisogno di Tark.

Tutti gli uomini sulla Terra sembravano così piccoli e deboli in confronto. Mi ritrovai a usare Tark come metro di paragone per l'uomo *perfetto*, e non a pensarci come una persona che conoscevo, che avevo conosciuto o incontrato per caso in un negozio di generi alimentari.

Non avevo amici nella mia nuova vita. Non avevo una famiglia, dal momento che i miei genitori erano morti quando ero piccola. Ero sola e triste, e sentivo come se mi mancasse un pezzo di me. Ero la stessa persona di prima dell'omicidio, ma fare un passo indietro – o lasciare il pianeta – mi aveva fatto vedere com'era la mia vita qui. E quell'esistenza desolata era ben diversa da quella che avrei voluto. Prima di Tark il lavoro era stato tutta la mia vita. Quando avevo lasciato la Terra quasi non avevo amici, e non avevo una famiglia.

Volevo Tark. Ne avevo così tanto bisogno da voler rinunciare alla Terra per lui. Mi toccavo, tracciando cerchi con le dita sul mio clitoride, riscaldandomi mentre pensavo al mio compagno, e desiderando la sua mano e la sua bocca su di me. Come aveva detto, il mio piacere apparteneva a lui, per cui ogni volta che mi sentivo eccitata piombavo in un bisogno disperato del suo tocco. Poi scoppiavo a piangere.

Bisognava fare qualcosa. Dovevo tornare su Trion, e conoscevo esattamente la persona con cui parlare.

———

"Entrate."

Al mio urlo la tenda si aprì e Mara e Davish furono scortati dentro. Mara sembrava ritornata in salute. Le sue guance erano colorite, i suoi capelli formavano una lunga chioma che le scendeva sulla schiena. La sua sottoveste non aveva tracce di sangue e l'abito modesto che la copriva nascondeva la maggior parte del suo corpo dalla mia vista.

Non che servisse. Niente di quella donna mi attraeva. Era di bell'aspetto ed era la compagna di Davish, ma non mi piaceva il suo corpo flessuoso, i suoi piccoli seni e il suo solito sguardo arcigno. Volevo Eva.

Era passato solo un giorno da quando mi era letteralmente scivolata dalle dita, trasportata di nuovo sulla Terra. Mi sentivo vuoto, come se una parte di me fosse stata strappata e portata con lei attraverso l'immensa distesa di spazio che ci separava.

"Alto Consigliere, siamo venuti a portare i nostri ringraziamenti alla tua compagna." Davish guardò per la stanza cercandola. Se aveva preso Mara dall'harem, doveva sapere che Eva non si trovava lì.

"State bene?" chiesi.

"Sì, Alto Consigliere," sussurrò Mara e Davish annuì.

"Bene. Sebbene la vostra visita sia apprezzata, la mia compagna non è qui."

Fecero entrambi un'espressione confusa.

"È stata trasportata di nuovo sulla Terra."

Mara sembrava scioccata. "È stato per colpa mia? Sono stata... scortese con lei." Sembrava imbarazzata, che provasse persino vergogna. "L'ho fatta arrabbiare e ti ho turbato. L'hai rifiutata per colpa mia."

Si inginocchiò e chinò la testa.

Guardai Davish, che aveva serrato i denti sentendo la notizia che doveva essere di certo una sorpresa per lui. Non fui felice di sentire che Mara aveva ferito Eva, ma non era mio compito punirla.

"Alzati," dissi. Lo fece, ma continuò a tenere la testa bassa. "Non è stata trasportata per mio volere. Al contrario. Serviva la sua testimonianza per mandare un uomo in prigione."

"Non era un'assassina?" chiese Davish.

Scossi la testa.

Qualcosa di simile all'ammirazione illuminò i suoi

occhi. "La tua compagna è onorevole," notò Davish. "Le sue azioni di ieri ne sono un esempio. Lasciare un compagno per il dovere è un altro. Lo dirò al consiglio."

Mara giunse le mani. "Mi ha salvato la vita e gliene sarò per sempre grata."

La coppia se ne andò senza commentare oltre, lasciando nuovamente la tenda vuota. Vidi il tavolo cerimoniale nell'angolo, il letto con le lenzuola che avevano ancora il profumo di Eva. Sprofondai la testa tra le mani e vissi di nuovo la conversazione avuta qualche ora prima. Avevo contattato con successo l'intermediario del Programma Spose Interstellari su Trion e fui amaramente informato che se la mia compagna aveva deciso di lasciarmi non c'era nulla che potessero fare. Era colpa mia non averla convinta, non averla soddisfatta. Il mio nome sarebbe stato rimesso sul registro dei maschi disponibili su Trion, in fondo alla lista, dal momento che non ero in grado di soddisfare una femmina.

Avrei voluto saltare dentro lo schermo della trasmissione e strangolare l'impiegata a mani nude. Aveva sottinteso che non ero degno. Che Eva mi aveva lasciato perché non ero abbastanza buono da meritarmela.

Forse quella stronza aveva ragione. Eva era andata. Se fossi stato un compagno migliore avrei interrogato prima Eva, avrei avuto il tempo di evitare che il teletrasporto la portasse via senza di me. Se avessi seguito i miei istinti, gli istinti che mi dicevano che non era un'assassina, avrei potuto tirarle fuori dalla bocca la verità e prendere le

misure necessaria a proteggerla nel suo viaggio sulla
Terra e a tenerla accanto a me.

Avevo fallito come suo compagno, ma la sua breve
presenza nella mia vita mi perseguitava. Memorie di lei
mi punzecchiavano ovunque guardassi, ma lei se n'era
andata. Per sempre.

Scagliai una ciotola di frutta contro il muro, ma non
servì a farmi sentire meglio.

10

Mi trovavo di nuovo nella stanzetta del centro di smistamento, anche se questa volta non indossavo l'abito carcerario e non ero legata. La Direttrice Egara era in piedi accanto alla mia sedia e guardava l'agente dell'FBI seduto in una piccola sedia di plastica all'angolo della stanza. Oggi indossava un abito blu marino, lo stemma sul petto era sempre rosso, rosso quasi quanto le sue guance. La Direttrice Egara era evidentemente furiosa con l'Agente Davidson.

"Questa analisi del DNA è corretta?" Alzò le sopracciglia guardando male l'agente dell'FBI. "Il campione di DNA di questa donna è già presente nel nostro sistema. Non dovrebbe essere sulla Terra. Stando ai nostri registri si trova, in questo preciso istante, su Trion con il suo compagno. E il suo nome non è Eva Daily, ma Evelyn Day."

"Sì, il DNA è corretto. Ma il suo vero nome è Eva Daily." Ebbe il buon senso di apparire contrito.

"E come ha fatto questa donna a tornare sulla Terra senza il permesso del Programma Spose Interstellari?" Incrociò le braccia e avrei giurato che fosse cresciuta di un paio centimetri, torreggiando sull'uomo seduto. Alla mancata risposta dell'Agente Davidson si portò le mani sui fianchi.

"Lei è consapevole, Agente Davidson, che per aver ingannato me, un rappresentante ufficiale della coalizione interstellare e direttore di questo centro di smistamento, potrei sollevare un'accusa contro di lei al consiglio interstellare? Frode e furto di identità sono crimini su tutti i pianeti, agente." La Direttrice Egara sembrava pronta a strappargli l'arma e sparargli sul posto. Mi alzai per mettermi tra di loro.

"Per favore, Direttrice. Il processo di abbinamento è stato perfetto. Mi dispiace averle mentito. Non avevo scelta. Ma ora voglio solo andare a casa." Speravo che la sincerità della mia richiesta l'avrebbe convinta ad aiutarmi. Questa strana e formidabile donna aveva letteralmente in mano il mio futuro. Era l'unica che avesse il potere di rimandarmi dall'uomo che amavo. "Per favore. Mi aiuti. Voglio solo tornare da lui."

"È consapevole che *questa volta*, Signorina Day, o Daily, qualunque sia il nome che sta usando questa settimana," la Direttrice Egara fulminò l'agente con lo sguardo, "non sarà in grado di tornare sulla Terra."

"Sì. Lo so. Non voglio stare qui. Voglio stare su Trion con il mio compagno assegnato."

La Direttrice Egara addolcì leggermente lo sguardo e intravidi un barlume di quanto avrebbe potuto essere bella se avesse sorriso. "Il processo di abbinamento è davvero miracoloso, Eva. Vi ho assistito innumerevoli volte. È per questo che proteggo le mie spose così tenacemente. Si meritano di trovare la vera felicità. E non mi piace quando qualcuno fa casino con i miei guerrieri." Quest'ultima frase era diretta all'Agente Davidson, che ebbe la grazia di arrossire.

"Le mie scuse. Glel'ho già detto, giuro che non userò mai più il suo programma per nascondere una sposa. Ha la mia parola." L'agente dell'FBI teneva le mani giunte, completamente arreso. Avevo chiamato l'Agente Davidson due settimane prima e gli avevo detto che volevo tornare su Trion. All'inizio non capì perché volessi farlo. Non ero una prigioniera e di sicuro avevo fatto più di qualunque altro testimone che avesse aiutato in passato. Non capiva il processo di abbinamento e probabilmente non lo avrebbe mai fatto. Nonostante avessi provato più di una volta a spiegargli la connessione che sentivo con Tark, mi aveva fatto aspettare due intere settimane *per pensarci su*, prima di soddisfare la mia richiesta.

Erano state due lunghissime settimane di attesa. Sapere che mi avrebbe aiutato a tornare su Trion da Tark mi aveva riempito d'impazienza. Questa volta sapevo dove andavo. Questa volta sapevo con chi sarei stata.

Questa volta *volevo* andare. Anche se Tark avesse voluto mettermi su un tavolo cerimoniale e scoparmi davanti all'intero consiglio non mi sarebbe importato. Be', forse un po', ma ne sarebbe valsa la pena per stare di nuovo tra le sue braccia ed essere parte della sua vita.

"Per favore, Direttrice Egara. Mi mandi a casa." Sussurrai quelle parole con le farfalle nello stomaco. Mi risedetti sulla sedia ed aspettai impazientemente che la donna iniziasse il processo.

"Non c'è bisogno di eseguire di nuovo i test per l'abbinamento in quanto sono già stati fatti. Ad ogni modo, il protocollo esige che ti chieda, desideri rifiutare il tuo compagno ed essere inviata da un guerriero diverso?"

Non potei trattenere un sorriso. "Scelgo di mantenere il mio abbinamento con l'Alto Consigliere di Trion, Tark, permanentemente."

L'Agente Davidson inclinò la testa per studiarmi. "Lo ami." Non era una domanda e lo disse con un accenno di stupore.

Annuendo replicai, "Sì. Posso dire infatti, Direttrice Egara, che il suo programma di abbinamento è davvero eccellente."

La donna si riempì di orgoglio e notai quanto fosse desiderosa di farmi domande sulla mia permanenza su un altro mondo, ma il suo lavoro aveva la precedenza. "Mi fa piacere sentirlo." Abbassò lo sguardo verso lo schermo del dispositivo che aveva in mano e fece qualche operazione con le dita. "È tutto pronto per trasportarla su Trion e essere abbinata permanentemente con l'Alto Consigliere Tark. Non saranno consentite modifiche."

Sorrisi stringendo i braccioli della sedia. Una sensazione di anticipazione mai provata prima mi attraversò le vene. *Forza, donna. Premi quel cazzo di pulsante.* "No. Non saranno consentite modifiche."

"Addio, Eva." L'agente Davidson mi fece un cenno di rassicurazione con la testa.

La Direttrice Egara spinse la sedia verso il muro, ma questa volta non vedevo l'ora di vedere la piccola stanza apparire accanto a me. Accolsi con piacere la puntura dell'ago sul collo e la luce azzurra che significavano che stavo tornando su Trion. Guardai in su e incontrai lo sguardo della Direttrice Egara. "Grazie."

Alla fine, sorrise. "Il teletrasporto inizierà tra tre, due, uno."

––––––––

"Così si conclude la riunione del consiglio. Ci incontreremo di nuovo l'anno prossimo. Fino a quel momento, che le vostre regioni possano avere pace e viaggi sicuri."

Mi alzai, come fecero gli uomini davanti a me. Anche se avevamo passato una settimana insieme a lavorare, i consiglieri si alzarono per chiacchierare e girovagare. Tutto quello che volevo io era andarmene da quel cazzo di Avamposto Nove. Conteneva solo ricordi di Eva. La vedevo ovunque andassi. E, sapendo che non era un'assassina, ma un medico, tutti mi fermavano per chiedermi di lei. Alla fine obbligai Goran ad affiggere un avviso che diceva del ritorno di Eva sulla Terra, in modo da non doverlo ripetere ancora e ancora.

Dalle unità di comunicazione delle guardie si levarono gridi di allerta. Tutti si immobilizzarono, aspettando notizie del pericolo.

"Un teletrasporto, Alto Consigliere." Il capo delle guardie si avvicinò a me e poi guardò la sua unità. "Non programmato."

"Origine?" chiesi. Mentre le guardie potevano difenderci dagli attacchi su Trion, difendere un avamposto da attacchi via teletrasporto direttamente da un altro pianeta era molto più difficile.

"Terra."

L'uomo mi guardò ed io seppi ciò che pensava.

"Eva," mormorai. "Deve essere lei."

"Nessun abbinamento è stato registrato da quel pianeta. Credo abbiate ragione."

"Quanto tempo?" chiesi, iniziando a correre verso la stazione di teletrasporto. Era chiusa.

"Trenta secondi." La guardia correva accanto a me, il resto ci seguiva dietro.

Ce la farò in dieci. "Impostate le vostre armi su stordimento. Se è la mia compagna, non voglio che le spariate."

La guardia annuì e guardò le altre.

"State indietro," tuonai. "Nessuno si muova finché non verifichiamo il teletrasporto."

La speranza mi gonfiava il petto mentre entravo nella tenda e guardavo lo spazio vuoto davanti a me. Lentamente un corpo si materializzò. Era Eva. Distesa sul tappetino nero del teletrasporto, sembrava addormentata, sembrava... *fark*, sembrava la cosa più bella che avessi mai visto.

Le due guardie entrate dietro di me si chinarono e misero via le armi. Mi inginocchiai accanto a lei e la presi tra le mie braccia. Indossava la sottoveste e nient'altro. Tenendola premuta contro il mio petto potevo sentire gli anelli ai suoi capezzoli e le gemme che le avevo messo prima che ritornasse sulla Terra.

La morbida sensazione della sua pelle, il suo profumo, i suoi capelli setosi, *fark*, era difficile da credere che fosse tra le mie braccia. Pensavo che non l'avrei mai più rivista e invece... come aveva fatto a tornare?

La riportai alla tenda principale, impaziente di condividere la buona notizia. Non ero sicuro di cosa aspettarmi dalle persone riunite, se sdegno oppure ostilità, al contrario tutti sembravano lieti e forse persino stupefatti del suo ritorno.

"Tark?" mormorò muovendosi tra le mie braccia.

"Shh, *gara*, sei con me."

Aprì gli occhi al suono della mia voce e mi guardò, con il corpo teso. "Tark!" ripeté abbracciandomi e stringendomi forte.

Anche se potevo sentire i bisbigli attorno a noi, la mia concentrazione era tutta sulla mia compagna.

"Sei tornata," gli sussurrai all'orecchio.

Annuì appoggiata al mio petto.

"Posso accertarmi che stia bene, Alto Consigliere?" chiese il Dottor Rahm mantenendo una certa distanza.

"*Gara*, permetti al dottore di assicurarsi che tu stia bene in seguito al teletrasporto?"

Si irrigidì. "Non un'altra sonda."

"No. Niente sonde. Ti terrò io per tutto il tempo. Hai attraversato la galassia per me non una volta, ma due."

"Va bene."

Feci un leggere cenno di sì e il Dottor Rahm sollevò un sensore e lo mosse sul corpo di Eva. Non la toccò, non la guardò nemmeno, solo sullo schermo dell'unità medica. I suoi occhi si spalancarono, fece un'altra passata e poi voltò l'unità verso di me. Lessi sullo schermo e il cuore mi saltò in gola. Mi riempii d'orgoglio con un dolore nel petto.

"*Gara*," dissi.

"Mmm," mormorò lei.

"Tu... tu sei..." Le parole mi si bloccarono in gola.

"Sì."

Non volevo condividere con nessun altro il momento in cui avevo scoperto che la mia compagna portava in grembo mio figlio. C'era una stanza piena di consiglieri da affrontare prima, poi l'avrei avuta tutta per me. Le riunioni si erano concluse. Avremmo lasciato l'Avamposto Nove non appena fosse stata abbastanza bene per viaggiare. Ora che aspettava un bambino volevo che fosse al sicuro a palazzo più che mai.

"Sto bene, Tark. Per favore, mettimi giù."

La misi in piedi con cautela, mantenendo sempre una presa possessiva sulla sua vita. Appoggiò la testa su di me e mi sforzai di distogliere lo sguardo da lei e guardare gli altri nella tenda.

"Consorte," disse il Consigliere Roark mettendosi su un ginocchio davanti a lei. Era la posizione tradizionale di rispetto e onore per dimostrare lealtà. Tutti i membri del consiglio lo avevano fatto con me alla morte di mio padre e durante la mia investitura.

"Consorte," ripeterono gli altri membri insieme, abbassandosi su un ginocchio davanti a lei.

Eva li guardò, poi guardò me. "Ti stanno offrendo il loro rispetto."

"Ma..."

"Siamo lieti del vostro ritorno, Consorte."

Tutti si voltarono verso l'ingresso della tenda. Davish entrò insieme a Mara. La donna corse verso la pedana e si mise in ginocchio.

"Mi dispiace, Eva..."

"Consorte," suggerì Roark.

Mara si bagnò le labbra e assunse un'aria contrita. "Consorte, sono molto dispiaciuta per come vi ho trattata. Sono in debito con voi per avermi salvato la vita." Mara sembrava tormentata dal rimorso, anche se sapevo che era un'ipocrita.

"Ti ho trattata come avrei fatto con qualunque altra persona, qui su Trion così come sulla Terra. Spero che il tuo debito non sia l'unica ragione per cui ora mi offri la tua amicizia. Vorrei che fosse un'amicizia offerta con convinzione. Non conosco molte donne qui su Trion e avrò bisogno di amiche di cui potermi fidare.

Mara sembrava sorpresa da quelle parole, ma capivo. Eva aveva bisogno di persone che ci tenessero a lei, che sapessero chi era davvero. Non voleva che Mara si prostrasse davanti a lei per gratitudine o perché era in debito. Sul volto di Mara si formò un leggero sorriso, per una volta non malizioso. "Sì, mia signora, mi piacerebbe."

"Allora devi chiamarmi Eva."

"Ora basta," dissi. "Presumo, Consigliere Bertok, che non ci sia bisogno di un'altra scopata cerimoniale." Dal momento che Eva portava già in grembo il mio bambino, quel vecchio bastardo pervertito avrebbe dovuto cercare il suo piacere da qualche altra parte.

Il vecchio guardò per terra. "No, Alto Consigliere. Non c'è dubbio che sia una Consorte degna."

Annuii. "Bene. Dal momento che è già stata visitata dal Dottor Rahm, io e la mia compagna vi auguriamo buon viaggio. Un viaggio sicuro verso le vostre case a tutti voi."

Molti di loro stavano rispondendo, ma presi Eva tra le braccia e scappai dal gruppo, praticamente correndo verso la mia tenda. Eva era tornata con il mio bambino in grembo e la volevo tutta per me. Per sempre.

———

"COME HAI FATTO A TORNARE DA ME?" chiese Tark dopo avermi messa sul letto. Presi la sua mano facendolo stendere con me mentre si stava allontanando. Non volevo che ci fosse spazio tra di noi. Volevo perdermi nel suo tocco, nel suo profumo, volevo... tutto.

Avevo passato settimane desiderandolo mentre aspettavo che l'Agente Davidson finalizzasse il mio trasporto. Dopo che si fu seduto accanto a me, dissi a Tark del periodo passato sulla Terra.

Tremando, gli dissi del processo e di com'era stato guardare un assassino negli occhi. Gli dissi quanto fossi stata sola senza di lui e di come avessero cercato di darmi, per il programma di protezione testimoni, quello che era solo il guscio vuoto di una vita. Descrissi i particolari del mio appartamento vuoto e solitario. Gli dissi della lista infinita di domande che mi aveva fatto la Direttrice Egara mentre aspettavamo che i risultati del test del DNA confermassero la mia storia.

Le avevo risposto onestamente, soprattutto quando mi aveva chiesto del mio abbinamento con Tark. Volevo far sapere a tutti che gli abbinamenti del programma spose funzionavano davvero. Avevo persino accettato di girare una breve pubblicità per il programma, prima di andarmene. La Direttrice Egara era ansiosa di avere più spose terrestri, preferibilmente volontarie, non criminali. Credeva fortemente che i guerrieri a protezione della Terra meritassero la vera felicità e femmine degne come compagne.

Guardando il mio compagno, mi sentii completamente soddisfatta di tutto quello che avevo detto durante la sessione di registrazione e sperai che qualche ragazza della Terra desse una possibilità all'amore su un altro pianeta.

"Sapevi del bambino quando tu... sei andata via?" Guardò il mio corpo come se fossi un fragile pezzo di vetro, forse preoccupato di poter ferire me o il bambino.

"No. Solo dopo l'esame per il teletrasporto." Mi bloccai.

Inclinò la testa e poi si inginocchiò davanti a me.

"La prima volta ho lasciato decidere al programma di abbinamento," gli dissi. "Questa volta ti ho scelto, Alto Consigliere Tark di Trion, come mio compagno permanente. Senza periodo di prova. Senza prassi. Non ti libererai più di me. Questa volta ti ho reclamato io, Tark. Sei mio per sempre."

"Oh, Eva," gemette tirandomi a sé per un bacio. Fu selvaggio e desideroso, pieno del calore e dell'amore di cui avevo così disperatamente bisogno.

"Mi sei mancata," mormorò contro la mia bocca. "*Fark*, quando sei andata via è stato come se mi avessero strappato il cuore dal petto."

"Il tempo è diverso sulla Terra. Mentre qui sono stata solo per pochi giorni, sulla Terra sono passati quattro mesi. Tark, siamo stati lontani per settimane."

"Era solo ieri," disse pensieroso. "È passato abbastanza tempo."

"È stata una tortura."

"Oh, *gara*. Ora sei qui e giuro che non ti lascerò mai andare via."

"A proposito di quella prima scopata cerimoniale," dissi mordendomi il labbro.

Inarcò le sopracciglia scure e fece un sorrisetto.

"Sì?"

"Credo che ne serva un'altra, dal momento che me ne sono andata e sono tornata."

"Vuoi che chiami Goran per assistere? Il consiglio?

Scossi la testa e mi inginocchiai, afferrai l'orlo della mia sottoveste e lo sollevai fin sopra la testa.

Un suono simile a un rantolo eruttò dal petto di Tark. Invece che saltarmi addosso come mi aspettavo, allungò la mano e si mise a giocherellare con la gemma sul mio capezzolo sinistro.

"I tuoi seni sono più grandi. Avrei scoperto della tua gravidanza anche solo guardando il tuo corpo."

L'idea che quell'uomo conoscesse così bene i miei seni non faceva che confermare ulteriormente il nostro abbinamento. Quel pensiero sparì rapidamente non appena li racchiuse tra le mani continuando ad accarezzare i miei morbidi capezzoli con i pollici.

"Non ha funzionato," dissi facendo il broncio. Si acciglió, e aggiunsi, "La vibrazione."

"Intendi questa?" Ondeggiò la mano sopra i miei seni e le gemme iniziarono a vibrare.

"Oh, sì," strillai spingendo i miei seni contro i suoi palmi.

Si inginocchiò sul letto costringendomi a stendermi sulla schiena, poi si mise sopra di me. Mi baciò a lungo e a fondo.

"Ti voglio scopare." Mi premette il cazzo contro. "E il bambino?"

"Credi che scoparmi potrebbe far male al bambino?"

Sembrava insicuro, così vulnerabile. Era lui che comandava in camera da letto, ma in quel momento comandava il bambino. Poteva anche essere dominante e autoritario, legarmi e sculacciarmi, ma non mi avrebbe mai fatto del male.

Potevo sentire quanto mi desiderasse, potevo vederlo nei suoi occhi, sentirlo nella sua voce, nei suoi baci, ma sarebbe stato disposto a sacrificarsi per il suo bambino.

"Da dottore, posso assicurarti che scopare non farà del male a un bambino non ancora nato." Feci per spostarmi e Tark mi fece alzare. Andai in cima al letto per cercare il piccolo scrigno. Era esattamente dove si trovava l'ultima volta. Trovai il giocattolo che cercavo e guardai Tark da sopra la spalla.

"Oppure puoi usare questo." Ero forse troppo sfrontata? Sarebbe stato scioccato dalla mia audacia? Avevo attraversato la galassia per lui. Non mi sarei tenuta dentro niente. "Forse ti sentiresti meno in pensiero prendendomi qui."

Assottigliò gli occhi e il suo sguardo scivolò lungo la mia schiena fino al sedere.

"Vuoi che ti scopi nel culo, *gara*?"

Quel pensiero mi fece inturgidire ancora di più i capezzoli. Potevo sentire il bagnato tra le mie gambe e le mie cosce umide per i miei umori.

"Forse non ora, ma puoi prepararmi."

I suoi occhi diventarono neri come non mai e la sua mascella si serrò. Riuscivo a vedere il suo cazzo premere contro i pantaloni. Si mise in piedi accanto al letto e si spogliò. "Prendi l'olio," ordinò.

Con mani avide, cercai nello scrigno e trovai la fiala di olio alle mandorle. Me ne versai un po' sulle dita e misi il contenitore accanto al giocattolo sul letto.

Lo riscaldai strofinando le dita e il profumo che avevo iniziato ad amare fino all'ossessione mi arrivò al naso. Mandorle. Mi cosparsi prima un capezzolo e poi l'altro con il liquido luccicante. Tark si fermò per guardare me e le mie dita.

"Ho sognato questo profumo mentre ero lontana," dissi.

Tark mi afferrò i fianchi e mi fece stendere sulla schiena. Mi spalancò le cosce e vi si sistemò in mezzo. Sentii il suo respiro sulla mia fica. "Ho sognato questo profumo, questo sapore, mentre eri lontana."

Abbassò la testa, mise la bocca su di me e mi fece venire. Non ci volle molto, perché io ero bramosa di ricevere un orgasmo da Tark e lui era vorace.

Giacevo floscia e sudata, con le gambe spalancate e le dita affondate nei suoi capelli scuri. Non provavo vergogna, non mi era rimasto un briciolo di timidezza in corpo. Si allungò su di me per baciare dolcemente la mia pancia ancora piatta.

Inclinò la testa. "Girati, Eva."

Obbedii con bramosia. Con una mano attorno alla mia vita, mi tirò indietro e all'insù, in modo che il mio culo si trovasse in alto davanti a lui. Prendendo la fiala di olio, mi divaricò le natiche e potei sentire il lento e caldo fluire del liquido che cadeva goccia dopo goccia sulla mia entrata posteriore. Usando il pollice tracciò lentamente e attentamente dei cerchi, continuando a guardarmi.

"Questa volta non me ne andrò," dissi.

Il suo pollice si fermò, ma io non mi mossi. Mi contorsi sotto la sua mano, bisognosa di lui. Con una mano mi controllai dietro l'orecchio. Ora c'era una fossetta nell'osso del mio cranio, dove prima c'era stato il nodulo di trasporto. "Vedi, non c'è niente Tark. È sparito. Non tornerò sulla Terra. Mai più."

Per un instante vidi l'angoscia sul suo volto ma, quando premetti nuovamente contro di lui, venne sostituita da uno sguardo così pieno di calore che mi si spezzò il fiato.

Alzò la mano e mi colpì il sedere. Sobbalzai al contatto. "Tark!"

"Ero così arrabbiato." Iniziò a sculacciarmi con serietà, prima un lato e poi l'altro. Non erano gli schiaffi più forti che mi avesse mai dato, ma quasi. Rimasi immobile sugli avambracci, lasciandogli sfogare la frustrazione repressa. Anche io avevo bisogno di questo rozzo trattamento, avevo bisogno di concentrarmi sui suoi schiaffi. Mi persi nelle sue attenzioni, sentendo ogni singolo colpo pungente e pensando solo al successivo. Fu una sculacciata breve e quando finì mi prese il sedere con entrambe le mani e iniziò ad accarezzare la pelle accaldata. Sentivo la mia fica gocciolare dal desiderio.

Sbirciandolo da sopra la spalla, dissi, "Mi hai punita per essermene andata, padrone. Che ricompensa mi darai per essere tornata?"

Socchiuse gli occhi e strinse i denti. Prese il giocattolo sferico.

"Questo, e poi questo." Mise il giocattolo sul mio fondo schiena come aveva fatto prima con quello a forma di U, subito dopo gli afferrai il cazzo e iniziai a muovere la mano. Del liquido preseminale trasparente uscì dalla punta e scivolò sulla cappella rossa. Mi leccai le dita desiderosa di assaggiarlo. Non avevo avuto l'opportunità – ancora – per farlo, ma avevamo il resto delle nostre vite.

Prendendo la fiala di olio, mise l'apertura sul mio ingresso e la inserì con attenzione. Sentivo l'olio caldo riempirmi lentamente, sempre più a fondo. Una volta finito, gettò il contenitore vuoto di lato e prese il giocattolo, lo cosparse di olio con la mano e lo spinse nel mio ingresso posteriore.

"Rilassati, *gara*. Brava ragazza." Era gentile, eppure tenace, e così era il mio corpo che lottava. Non ero abituata ad essere allargata così in quel posto e mi contrassi. Provai e riprovai, ma era troppo.

Avevo il fiatone e il viso seppellito nelle lenzuola. Tark smise di cercare di inserire il giocattolo e lo lasciò riposare premuto contro di me. Poi lo accese.

"E adesso?"

Ovviamente quella dannata cosa vibrava. *Tutto* vibrava su Trion... e tutto mi piaceva.

Sussultai sentendolo, il riverbero dell'oggetto si

muoveva attraverso il mio corpo, accendendo ogni nervo. Si mischiava con il calore doloroso irradiato dal mio culo schiaffeggiato. Mi rilassai e Tark fece scivolare il giocattolo dentro fino a che la prima sfera non mi sparì dentro. La sensazione era estranea, così terribilmente eccitante che la fica mi si bagnò ancora di più. Col fiatone, inarcai la schiena e guardai Tark da sopra la spalla. Lo volevo dentro di me. Subito.

Mi allargò le cosce spalancandomi. "Sei così bagnata, *gara*. Il mio cazzo brama essere dentro di te."

Urlai alla sensazione delle sue dita nella mia fica e delle vibrazioni del giocattolo nel mio culo. Continuando a toccarmi infilò il giocattolo ancora più a fondo, finché non fu completamente dentro. Tark lo tirò leggermente per assicurarsi che fosse ben inserito, prima di girarmi sulla schiena.

"Tark!" urlai sentendone la base spingere dentro di me.

"Credo che la parola che dovrei sentire da quel muso imbronciato sia padrone."

Usando le ginocchia per allargarmi ulteriormente si sistemò tra i miei fianchi con il cazzo che premeva contro il mio ingresso.

"Ti sei toccata mentre eri via?" Spinse in avanti aprendomi completamente.

Chiusi gli occhi e inizia a mugolare.

"Lo hai fatto?" ripeté con la voce ruvida ghiaia.

"Sì!" urlai, mentre si faceva indietro e poi affondava,

riempiendomi finalmente come avevo bisogno che facesse.

Mi chiese. "Credevo che il tuo piacere appartenesse a me, *gara*"

"Infatti," mugolai, "Non sono riuscita a venire. Non sono riuscita a venire senza di te. Ho pensato a te. A questo, al tuo cazzo dentro di me e ci ho provato, ma non ha funzionato. Oh, Dio, è così bello."

Non ero mai stata riempita così prima. La combinazione del giocattolo e del cazzo enorme di Tark era abbastanza per portarmi al limite ed oltre con pochi colpi. Ne ero stata bisognosa troppo a lungo.

Mentre venivo mi sussurrò quanto fossi bella, quanto guardarmi venire facesse avvicinare anche lui all'orgasmo.

Una volta che il piacere impetuoso si attenuò disse "Non posso aspettare oltre. *Fark,* la vibrazione è troppa. Tu sei troppo." Si sporse per baciarmi il collo, leccarne la pelle sudata e strofinare il suo petto contro i miei capezzoli sensibili.

I suoi fianchi si mossero più velocemente e con più impeto. Stavo per venire di nuovo per il modo in cui colpiva il mio clitoride ad ogni colpo. "Tark, padrone... ti prego!"

"Ancora uno, Eva. Verremo insieme."

Mentre mi afferrava il culo sentivo il dolore delle sue mani contro la mia pelle indolenzita. Mi inclinò verso l'alto e affondò, strofinando su quel punto dentro di me che mi faceva venire. Tark gemeva mentre gli strizzavo il cazzo. Urlava forte nel mio orecchio, ma non m'importava. Era pesante steso su di me, ma io mi perdevo in quella mole massiccia. Mi faceva sentire sicura, protetta e totalmente amata.

Sollevò la mano e le vibrazioni nel culo e sui capezzoli cessarono. Dovevo imparare come faceva. Era come una magia. La connessione tra noi due era come magia.

Quando Tark si riprese abbastanza da uscire, il suo seme fuoriuscì da dentro di me. Passò un dito nell'essenza appiccicosa mentre estraeva il giocattolo. Sospirai a quella sensazione, ma una volta rimosso ne sentii la mancanza.

"Sei mia, *gara.*"

Abbassò la testa e mi baciò. Mi assaporò. Mi gustò.

Sollevò il capo per incontrare il mio sguardo. Gli spostai un ciuffo di capelli neri dalla fronte e guardai mentre ritornava in posizione.

"E tu sei mio. Tark. Alto Consigliere. *Padrone.*"

———

Leggi La compagna dei guerrieri ora!

Quando le circostanze la lasciano senza scelta, Hannah Johnson è costretta a offrirsi volontaria per il Programma Spose Interstellari, ritrovandosi abbinata non ad uno, ma a ben due compagni. I suoi futuri mariti sono guerrieri del pianeta Prillon, un mondo pieno di uomini famosi per la loro abilità tanto in battaglia quanto sotto le lenzuola.

Dopo essere stata trasportata su una nave spaziale nel bel mezzo dell'universo, Hannah si risveglia in presenza di Zane Deston, l'enorme, feroce, bellissimo comandante della flotta Prillon. Dopo averla informata che lei ora è la sua compagna e la compagna del suo secondo, Zane si prende il compito di supervisionare Hannah, mentre viene sottoposta ad esami medici approfonditi. Ma lei non riesce a collaborare con il dottore di bordo, e questo le fa meritare una sonora e imbarazzane sculacciata sul sedere nudo. Ma, più di ogni altra cosa, è la risposta del suo corpo all'esame a farla arrossire.

Sebbene Hannah sia scioccata all'idea di dover essere condivisa da Zane e dal suo secondo, l'altrettanto bellissimo Dare, tuttavia non riesce a nascondere l'eccitazione, quando i suoi due compagni si prendono il loro tempo nel dominare il suo corpo. Il giorno della cerimonia di rivendicazione si avvicina, e Hannah brama il momento in cui Zane e Dare la faranno completamente loro... ma può rischiare di donare il proprio cuore a degli uomini che ogni giorno rischiano di morire in battaglia?

Leggi La compagna dei guerrieri ora!

ISCRIVITI ALLA NEWSLETTER

Iscriviti alla mia mailing list per essere il primo a sapere di nuove uscite, libri gratuiti, prezzi speciali e altri omaggi di autori.

http://ksapublishers.com/s/bw

ALTRI LIBRI DI GRACE GOODWIN

Programma Spose Interstellari

Dominata dai suoi amanti

Il compagno prescelto

La compagna dei guerrieri

Rivendicata dai suoi amanti

Tra le braccia dei suoi amanti

Unita alla bestia

Domata dalla bestia

La compagna dei Viken

Il Figlio Segreto

Amata dalla bestia

L'amante dei Viken

Lottando per lei

Programma Spose Interstellari: La Colonia

La schiava dei cyborg

La compagna dei cyborg

Sedotta dal Cyborg

La sua bestia cyborg

ALSO BY GRACE GOODWIN

Interstellar Brides® Program: The Colony

Surrender to the Cyborgs

Mated to the Cyborgs

Cyborg Seduction

Her Cyborg Beast

Cyborg Fever

Rogue Cyborg

Cyborg's Secret Baby

Her Cyborg Warriors

Interstellar Brides® Program: The Virgins

The Alien's Mate

His Virgin Mate

Claiming His Virgin

His Virgin Bride

His Virgin Princess

Interstellar Brides® Program: Ascension Saga

Ascension Saga, book 1

Ascension Saga, book 2

Ascension Saga, book 3

Trinity: Ascension Saga - Volume 1

Ascension Saga, book 4

Ascension Saga, book 5

Ascension Saga, book 6

Faith: Ascension Saga - Volume 2

Ascension Saga, book 7

Ascension Saga, book 8

Ascension Saga, book 9

Destiny: Ascension Saga - Volume 3

Other Books

Their Conquered Bride

Wild Wolf Claiming: A Howl's Romance

I LINK DI GRACE GOODWIN

Puoi seguire Grace Goodwin sul suo sito, sulla sua pagina Facebook, sul suo account Twitter, e sul suo profilo Goodread usando i seguenti link:

Web:

https://gracegoodwin.com

Facebook:

https://www.facebook.com/profile.php?id=100011365683986

Twitter:

https://twitter.com/luvgracegoodwin

Goodreads:

https://www.goodreads.com/author/show/
15037285.Grace_Goodwin

L'AUTORE

Grace Goodwin è un'autrice di successo negli Stati Uniti e a livello internazionale, di romanzi di fantascienza e paranormali. I titoli dell'autrice sono disponibili in tutto il mondo in più lingue nel formato e-book, cartaceo, audio e app di lettura. Due migliori amiche, una l'emisfero destro e l'altra quello sinistro, compongono il pluripremiato duo di scrittrici Grace Goodwin. Sono entrambe madri, appassionate di escape room, avide lettrici e intrepide bevitrici delle loro bevande preferite. (Potrebbe esserci o meno una guerra tra tè e caffè in corso durante le loro comunicazioni quotidiane.) Grace ama ricevere commenti dai lettori.

Lightning Source UK Ltd.
Milton Keynes UK
UKHW020757220520
363646UK00004B/720